NÉVOA

NÉVOA

Kathryn James

Publicado originalmente no Reino Unido em 2011 com o título *Mist*.

DIRETOR EDITORIAL: Raul Maia Junior
EDITORA: Eliana Gagliotti
ASSISTENTE EDITORIAL Jessika Mascarenhas
TRADUÇÃO: Sandra Pina
PREPARAÇÃO: Olga Sérvulo
REVISÃO: Agnaldo Alves
Carmen Costa
DIAGRAMAÇÃO: Mauro C. Naxara

Texto em conformidade com as novas regras ortográficas do Acordo da Língua Portuguesa.

Dados Internacionais de Catalogação na Publicação (CIP)

James, Kathryn
Névoa / Kathryn James; tradução [de] Sandra Pina. - São Paulo : Farol Literário, 2013.

ISBN 978-85-62525-75-9

1. Ficção — Inglesa. 2. Paranormal — Literatura. 3. Histórias — Infantojuvenis. I. Pina, Sandra., trad. II. Título.

J28m CDD-823

1ª edição · junho · 2013

Farol Literário
Uma empresa do Grupo DCL — Difusão Cultural do Livro
Rua Manuel Pinto de Carvalho, 80 — Bairro do Limão
CEP 02712-120 — São Paulo — SP
Tel.: (0xx11) 3932-5222
www.editoradcl.com.br

Para Henri e meus garotos,
OJ e Jordan, e para Mandy

A Maldição das Garotas Perdidas

Escutem, crianças. Já ouviram falar das Garotas Perdidas? Elas entram nos bosques e nunca mais saem.

Aconteceu com Daisy Gunn, que deixou sua luva vermelha cair e voltou para procurá-la enquanto o sol se punha. Nunca mais foi vista!

E Polly Hawk, com seus modos elegantes. Ela saiu desfilando pela névoa sob as árvores e se foi.

Ou a pobre Milly Suggs, que foi colher violetas. Na tarde seguinte ela voltou cambaleando, com os cabelos brancos como a neve, as costas arqueadas, a cesta de violetas transformada em pó: uma velhinha. Sua vida se foi da noite para o dia.

É a maldição do Elfo-Rei! Cuidado com ela, minhas filhas. Fiquem perto da mamãe.

Aviso da Carochinha

Por Druscilla Church, Sociedade Britânica de Folclore

Um

Não entre no bosque após escurecer. O aviso da mãe ecoava em sua cabeça, mas Nell o ignorou.

Sombras oscilavam fracamente no canto de seu olho, e as árvores rangiam e gemiam com o vento frio, fazendo os cabelos de sua nuca se arrepiarem em alerta. O bosque era antigo. Estendia-se por quilômetros atrás de sua casa, sombrio e secreto. Se olhasse para o seu interior, tinha a sensação de ele estar olhando de volta. Se corresse por seus caminhos estreitos, os galhos a agarravam como pequenas garras.

Ela estava se dirigindo para a parte mais sombria, onde o chão descia num buraco e o caminho era de pedras sobre um terreno pantanoso. Havia uma cerca de ferro por todo o caminho, porém, recentemente, alguém a havia derrubado.

A névoa enchia o buraco como fumaça num prato e nunca se dissipava. A umidade fazia com que todas as árvores ao redor estivessem cobertas de hera e musgo que pendiam em seus galhos como cabelos. Conforme ela descia a encosta para dentro da névoa, começava a imaginar estar ouvindo uma música fantasmagórica bem no canto de seu ouvido, como se alguém estivesse tocando algo antigo, como uma harpa.

Aquilo não era tudo o que ouvia. Em algum lugar no bosque, algo estava uivando. Mil anos atrás teria sido um lobo, agora provavelmente tratava-se de um bull terrier de alguns dos garotos que gostavam de se passar por gângsteres. Eles traziam os cães para o bosque para treiná-los, fazendo-os balançar os galhos com seus dentes e então os atiçando contra as pessoas como se fossem armas. Felizmente o guarda que patrulhava o bosque iria atrás deles e nem a notaria.

Ela estava seguindo outra pessoa. Seu garoto misterioso.

Ele estava em algum lugar à sua frente, muito perto. E era a razão de ela estar rastejando por entre as árvores, em vez de estar em casa, sem o uniforme da escola, tomando chá e jogando um pouco de Princesa Zelda.

Ela pulou na primeira pedra, a névoa a envolvendo e pousando em seu rosto como minúsculas pérolas. Então para a próxima. Havia vinte pedras atravessando o fundo do buraco, o chão dos dois lados era encharcado e coberto de espinheiros. Ela teve uma breve visão de estar caindo e quebrando o tornozelo. Alguém pensaria em procurá-la ali? Não, porque dificilmente alguém vai até ali. Ela teria uma morte solitária e dolorosa, e Gwen, sua irmã, penduraria um cachecol do uniforme escolar e um buquê de flores numa árvore próxima, como um triste lembrete de uma jovem vida perdida. Por outro lado, se isso acontecesse a Gwen, haveria diversos buquês e pequenas mensagens de seus chorosos amigos dizendo *Descanse em paz, anjo, sentiremos sua falta.*

Ela alcançou a última pedra e parou. O garoto misterioso havia desaparecido. Isso era impossível: ela o vira andando pela névoa, pulando estranhamente de uma pedra para a outra, como se houvesse decidido brincar de um complicado jogo de amarelinha. Então, onde estava ele? A menos que fosse à prova de espinheiros ou tivesse afundado na lama, deveria estar à frente dela.

Um galho se partiu como um tiro.

— Nell Church?

Ela congelou. Ele estava atrás dela, e esse não era o plano. Ele não deveria vê-la ou falar com ela. Pediu aos céus por invisibilidade ou pelo fim do mundo, o que fosse mais rápido, mas não foi atendida. Então se virou e lá estava ele, vivo em meio à névoa crepuscular.

Quantos garotos de catorze anos tinham a pele pálida como leite, como se nunca tivesse visto o sol, o cabelo tão claro que parecia ter sido embranquecido e os olhos negros como carvão? Acrescente a isso o pequeno brinco de prata brilhando numa orelha e a pequena tatuagem da cabeça de um lobo na parte interna de um de seus punhos. Quem era ele?

— Se queria me convidar para sair, poderia ter dito na escola — ele disse com seu sorriso torto que a enlouquecia. Seu sotaque não era local, era cantado e chiado, talvez ligeiramente irlandês ou escocês, mas não exatamente nenhum dos dois. Simplesmente não era como qualquer pessoa que ela conhecesse.

Ele começara no colégio Woodbridge Community na semana anterior e parecia que ninguém, exceto ela, havia notado que ele mal aparecia nas aulas. Em vez disso, passava o tempo olhando os alunos de Woodbridge como se fosse um príncipe, e a escola, um estranho ritual do qual nunca participara. E, quanto menos o notavam, mais ele se mostrava, saindo de armários durante as aulas de matemática ou atravessando o palco durante as assembleias. Seu rosto e nome escorregavam da mente de todos, menos da dela. Tudo o que ela sabia era que ele saía do bosque a cada manhã e voltava a cada tarde. Os fundos da casa dela davam para o bosque e, da janela de seu quarto, ela o via saindo de manhã, bocejando e se inclinando sobre a cerca para pegar uma maçã na árvore no vizinho. E à tarde ele corria de volta, pulando pelos caminhos cobertos de silvas, como se não pudesse esperar para ser engolido novamente pelo bosque.

— Desculpe, eu não estava, eu não... — ela começou.

— Brincadeira — ele disse.

Ela sentiu seu rosto começar a queimar.

— Ah, claro.

Seguiu-se um silêncio. A melhor aluna da turma, e ainda assim não conseguia pensar em nada para começar uma conversa. Diferente de Gwen, que ficava reprovada em todas as provas, mas que rapidamente desenvolveria uma conversa com um alienígena se ele aparecesse, além de ser bem bonita.

— Você não sabe que é perigoso perto da névoa? — ele falou. — Pessoas desaparecem e nunca mais são vistas.

Ele estava zombando. Talvez ela merecesse por segui-lo tão desajeitadamente.

— E você não sabe que o bosque é propriedade privada? — ela falou, apelando para um argumento idiota. — Você será pego por invasão — coisa estúpida, ridícula de dizer. Ele parecia o tipo de garoto que se importaria com isso? Não.

Ele pulou para uma pedra mais próxima, encarando Nell através de sua franja espetada, com a cabeça virada de lado.

— Bosques não pertencem a ninguém, apenas a Gaia.

— Se esse for outro nome para Condado de Woodbridge, então sim — ela respondeu.

Ele riu, o que era alguma coisa. Normalmente ninguém entendia suas piadas. Agora, ele a olhava com curiosidade.

— Então, por que você me seguiu? — perguntou.

Ela rapidamente tentou pensar numa desculpa plausível para estar ali no bosque, apesar da reputação de ser perigoso à noite. Nenhuma ideia lhe veio à cabeça, então precisou confessar a verdade.

— Se eu vejo algo que me intriga, preciso entender o que é.

Era verdade: não saber nada sobre qualquer coisa a enlouquecia. Talvez tivesse herdado algum gene detetive de sua mãe policial, mas Gwen dizia que ela era obsessiva. Mesmo quando pequena, se visse metade de uma placa de rua, ou de um bilhete, ou de um cartaz na rua, tinha que voltar para ler por inteiro.

— Sou atraída especialmente por coisas estranhas ou assustadoras — ela concluiu.

O riso torto se mostrou novamente.

— O que eu sou?

— Hum... Estranho — ela olhou para cima. Ele não pareceu se incomodar por ela ter acabado de chamá-lo de esquisito. Então prosseguiu. — Eu preciso descobrir... quem é você?

Ele pensou.

— Eu sou um garoto que não existe — por fim respondeu.

Outro silêncio se instaurou, mas foi logo quebrado pelo som de algo ou alguém se movendo pelo bosque na direção deles.

— Caramba! — Nell falou apavorada. — É o guarda.

Ela se virou e escalou o buraco, saindo de sua névoa fria e úmida. Não era como Gwen; detestava ser flagrada quebrando regras. A luz caía rapidamente, mas ela viu algo se movendo. Não era o guarda, era algo pior. Uma mancha branca e baixa, então um bull terrier, cheio de dentes, cicatrizes e com as orelhas rasgadas, avançou na direção dela e ficou rosnando à sua frente.

— Fique quieta e não olhe nos olhos dele — falou a voz do garoto atrás dela.

Ele a seguira. Imediatamente o cão virou a atenção para o garoto, rosnando ainda mais alto. O garoto parecia não se importar.

— Cuidado — ela sussurrou, começando a tremer. — Eles são treinados para atacar.

— Eu sei — ele disse.

Ele levantou a mão despreocupadamente, apontou o dedo magro para o cão e disse com a voz calma:

— Shhhh! Quem manda aqui sou eu. Deite!

O cachorro obedeceu na hora. Deitou, esticando-se no chão, desviando os olhos do dedo que apontava e do olhar do menino. Seu rosnado se transformou num gemido confuso.

— Corra.

— Ele não está sozinho — avisou Nell. — Seu dono está...

Ela não foi muito longe. Dois garotos mais velhos apareceram do meio das árvores. O coração de Nell começou a martelar. Ela conhecia o rosto que vinha em sua direção; sabia como ele podia rir diante da crueldade com os outros, mas ficaria ofendido no momento que percebesse alguém olhando para ele de forma errada. Rikstall era como o chamavam, nunca por um primeiro nome. Ele parou por um instante, chocado ao ver o cão deitado.

— Levante, Sabre! — ele gritou.

O cachorro não se moveu. Rikstall avançou na direção deles.

— O que você fez com o meu cão? — ele berrou.

O garoto frequentava a escola em outra cidade. Seu colégio era rival do Woodbridge Community. Algumas vezes, dois grandes grupos, um de cada escola, se encontravam e brigavam. Rikstall sempre estava no meio da briga. Ninguém mexia com ele e seu cachorro.

— Tô perguntando, o que você fez com o meu cão? — ele rosnou.

O garoto misterioso se virou e o encarou.

— Ensinei bons modos a ele.

O rosto de Rikstall não mudou. Num movimento rápido, pegou uma das barras de ferro de uma cerca quebrada e a lançou em direção ao garoto. A barra assoviou no ar.

— Cuidado! — avisou Nell.

O garoto se virou ligeiramente, mas era tarde demais. O pedaço letal de ferro estava muito próximo do alvo.

— F'rshak! — ele cuspiu.

Mais rápido do que os olhos dela pudessem acompanhar, a mão do menino se moveu e, de repente, segurava a barra de ferro, e Rikstall, mais velho, maior, mais cruel, chupava os dedos como um bebê, tentando entender o que acabara de acontecer.

Nell começou a respirar de novo, mas a vitória foi curta. Subitamente tudo deu errado. Por alguns segundos o garoto ficou lá, triunfante, segurando a barra. Então, ele deu um grito de dor, deixou cair a barra de ferro e segurou a mão que tocara no metal e ficara instantaneamente vermelha e queimada. Caiu de joelhos, seu rosto se tornara ainda mais branco na escuridão crescente, os olhos bem fechados, o corpo todo curvado por causa da dor.

Rikstall ficou de boca aberta.

— O que está acontecendo com ele? — Rikstall empurrou o garoto com o pé. — Aberração. — Então ele se preparou para dar um chute. — Vou ensiná-lo como tratar o meu cão.

Nell segurou a respiração. Ele estava prestes a dar um pontapé. Brutamontes como ele nunca resistem à tentação de chutar alguém que está no chão. Sem pensar, ela se colocou entre os dois.

— Não — ela avisou. — Ou você vai se arrepender.

Rikstall parecia não acreditar no que estava acontecendo. Duas pessoas ousando desafiá-lo!

— Não, você vai se arrepender — ele rosnou.

Ele avançou uma de suas grandes mãos em direção a ela, mas, pelo menos, a mente de Nell havia começado a funcionar. Ela deu um passo para trás e se colocou em posição de luta, perfeitamente equilibrada. As mãos para cima.

— Venha então — ela disse, tentando desesperadamente manter a voz firme. — Quem quer uma perna quebrada?

Rikstall se virou e riu para o amigo.

— Ela acabou de dizer que vai nos atacar? — zombou.

O amigo começou a rir também.

— Sim, eu disse. — Ela saltou na ponta dos pés. — Meu sensei, o Sr. Song, me ensinou um chute especial chamado Ataque Celestial. Que na verdade é infernal. Pode quebrar o osso da coxa com um só golpe. É sério.

Aquilo estava se tornando um passeio divertido no bosque, foi o que pensaram. Um oponente no chão e agora uma garota maluca precisando aprender uma lição.

— Você vai atingir nós dois? — Rikstall zombou. — E acha que vai ganhar! Que venha o Ataque Celestial.

— Eu nunca disse que iria ganhar — ela respondeu. — Mas vou acertar um golpe. Então, um de vocês ficará com a perna quebrada. E muita dor — ela saltou mais uma vez na ponta dos pés. — Estou falando sério. Sou boa. Um ataque e... um estalo.

O sorriso de Rikstall diminuiu um pouco.

— Sim! E o outro lhe dará uma surra que você jamais esquecerá, garota.

Ela acenou, tentando esconder que seus joelhos começavam a tremer.

— Vocês vão me punir do mesmo jeito. Mas, de qualquer forma — ela insistiu —, um de vocês ficará em agonia. Quem é o voluntário? — ela apontou para ele. — Você, Rikstall? É você quem tem uma boca grande. Ou vai mandar seu colega?

Os dois a encararam.

— Vai e faz ela calar a boca — falou Rikstall.

Houve um silêncio, e então.

— Vai você — falou o amigo de mau humor.

Nell saltou mais um pouco.

— Andem, estou ficando com frio. Quem vai querer o Ataque Celestial?

— Se atreva e eu vou... — começou Rikstall.

O amigo agarrou a manga de Rikstall.

— Estou fora. Isso é idiota. Até Sabre já foi.

Era verdade: assim que o garoto caiu, o cachorro foi para longe.

Rikstall encarou Nell. Ele apontou um dedo para ela.

— Espere. Você e ele... da próxima vez não terão tanta sorte. — Olhou para baixo, para o garoto, e foi chutá-lo. Ainda não tinha conseguido. O garoto olhou para cima.

— Buzz — falou baixinho, ainda embalando a mão dolorida.

Subitamente o zumbido de milhares de abelhas encheu o ar. Por um momento, Rikstall pareceu aturdido.

O garoto espremeu os olhos, seu rosto ficou mais fechado. Não parecia mais um garotinho.

— Esqueça de nós — sussurrou.

Rikstall e seu amigo piscaram algumas vezes, desapareceram entre as árvores e se perderam na escuridão. O zumbido silenciou.

Nell respirou aliviada e se agachou perto dele.

— Você está bem?

O rosto dele estava branco como giz, mas respirou profundamente e se ajoelhou.

— Sim. Parece que a minha mão vai cair, mas eu vou sobreviver.

Ela sentou-se sobre os calcanhares.

— Desculpe. Você se queimou tentando me ajudar.

— Pare de se desculpar.

— Desculpe... ops — ela sorriu timidamente. — É um tique nervoso. Tenho muitos. — Ela esticou a mão. — Vamos ver o estrago.

Ele mostrou a palma da mão. Havia uma enorme marca de queimadura no meio, como se a velha barra de ferro estivesse em brasa.

— Sou alérgico a ferro, é isso. Queima como o inferno e faz com que meus ossos pareçam estar derretendo.

Ele ficou de pé e ela também.

— Está escuro — ele disse. — Vou com você até a estrada.

Enquanto andavam por entre as árvores em direção às luzes, ele perguntou curioso:

— Você realmente teria quebrado a perna dele?

— Sim. — Ela gostou de ele parecer surpreso. — Cinco anos de treinamento de artes marciais — explicou. — Minha mãe é uma policial. Acha que eu tive aulas de balé?

Estavam chegando à alameda que seguia do bosque para a estrada principal. Luzes amarelas das ruas brilhavam ao longe. Ela parou e o encarou. Era agora ou nunca, e ela precisava saber.

— Por que você fica olhando para mim e para Gwen? — Parou por um instante e pensou. — Bem, não tanto para Gwen, porque todos os garotos olham para ela. — Era verdade, sua irmã andava como se estivesse num tapete vermelho cercada de *paparazzi*. Não costumavam olhar para Nell. Ela era uma nuvem de cabelos rebeldes presos e pernas finas. — Mas, por que eu?

Por um momento, ele não falou nada. Depois:

— Por nada — respondeu, virou-se e desapareceu de volta no bosque.

Ela ficou olhando por um tempo, então acreditou que tinha sido corajosa o suficiente para um dia. Correu para casa. Chegou à porta da frente e foi quando percebeu que ele a havia chamado de Nell Church.

Aquele não era o seu sobrenome. Church era o sobrenome de seu pai, que não se importava em visitá-la, por isso ela não o usava. Ela era Nell Beecham, como a mãe.

Dois

— O nome dele é Evan River — pensou Nell na manhã da festa de Gwen. O cereal estava amolecendo à sua frente. — Ele nem usa o uniforme certo. É como se estivesse usando o que pensa ser um uniforme de escola, dourado e preto, mas não exatamente o correto. Nada nele está certo.

Sua irmã pousou o lápis de olho e olhou para cima através do espelho apoiado contra a caixa de cereal, ao lado de uma vela tremulante: houvera outro corte de luz durante a noite e a cidade ainda estava sem energia. Ela olhou para Nell de um jeito fulminante.

— Não há nenhum garoto novo. Você está inventando isso porque não tem um namorado.

— Eu não quero um. Tenho treze anos. Não sou você — Nell rebateu. — Ele chega e senta comigo às vezes na hora do almoço. Não falamos muito. Apenas o suficiente para saber o seu nome e não muito mais. — Ela não contou que ele a chamava de garota-chutadora, depois daquele episódio no bosque. Nem contara sobre a briga. Pegou o celular. — Olhe, eu tirei uma foto. Até pensei que estivesse imaginando coisas.

Gwen pegou o aparelho e examinou a foto; suas sobrancelhas perfeitas se elevaram de surpresa.

— Oh céus — ela murmurou —, então minha irmãzinha gosta de garotos com cabelos descoloridos, olhos negros e sorriso inseguro. — Ela virou a cabeça e olhou mais perto. — Garotos que olham para você de um jeito traiçoeiro através de suas franjas espetadas, enquanto a veem sendo ameaçada. — Ela devolveu o telefone com um sorriso malicioso. — Demais para você, mas parabéns por tentar. — Ela molhou o dedo com a língua e limpou um pouco do *blush* acumulado no rosto. — Agora podemos falar sobre algo interessante, como meu aniversário?

Nell se virou para a mãe, Jackie, que tomava café com o telefone preso sob o queixo, tentando descobrir se teria que dobrar o turno de trabalho por causa do corte de energia. Ela estava usando o uniforme da polícia, o que sempre preocupava Nell; preferia quando a mãe fazia trabalho comunitário, como rondas pelas escolas, em que o pior que poderia acontecer era uma turma de adolescentes arruaceiros lhe dar um pouco de trabalho.

— Eu o vi na cidade, com um cão magrinho aos seus pés. E sabe... o cachorro era um lobo, posso jurar.

— Husky — falou Jackie. — Belos animais. Quase lobos.

Nell empurrou sua tigela, havia comido apenas um pouco.

— Desculpe, mãe. Mas era um lobo.

Ela ficara na porta observando-o. O animal tinha permanecido do lado de fora da joalheria quando ele entrou. Não usava coleira, mas ficou sentado ali obedientemente. Até mesmo ela tinha que admitir que não era o comportamento de um lobo.

— A coisa mais estranha é que ele cheira a folhas de pinheiro. Sinto o cheiro nos corredores quando ele passa.

Nell olhou pela janela da cozinha, para além do jardim malcuidado, para o bosque que se estendia do outro lado. As manhãs eram escuras nessa época, mas ela podia ver o contorno das árvores se movendo no vento forte do outono. Havia muitas árvores diferentes lá, mas nenhuma era um pinheiro.

Jackie pousou o telefone.

— Más notícias. A estação de energia de Brownhills foi atingida, o que significa que temos mais três distritos sem luz. — Ela fez uma expressão de desculpas. — Vou precisar dobrar o turno, meninas. Lamento.

— A noite toda? — perguntou Nell de um jeito duvidoso, enquanto sua irmã levantava os braços e fazia um sinal silencioso de vitória por trás da mãe.

— A noite toda — respondeu Jackie. — Lamento. — Pegou o rosto da filha mais nova com as duas mãos, segurou seus cabelos rebeldes e lhe deu um beijo estalado na bochecha. — Sei que você não gosta quando trabalho à noite, mas vai sobreviver mais esta vez.

O que a preocupava não era ficar sozinha em casa com Gwen, mas sim Jackie estar lá fora nas ruas escuras, entre psicopatas, ladrões de carros e assassinos.

— Quem está fazendo isso? — perguntou Nell. Ela detestava quando as luzes se apagavam. Vinha acontecendo por todo o país, e agora chegara à sua cidade. Transformava ruas conhecidas em lugares estranhos e arrepiantes.

— Algum grupo ressentido. Eles passam por portas trancadas sem disparar os alarmes. Ninguém vê nada. Provavelmente fantasmas!

— O papai sabe quem está fazendo isso? — perguntou Gwen. — Ele está nesse tipo de coisa, não é?

— Se sabe, não vai me contar — falou Jackie secamente.

Tom Church tinha um cargo alto no DIC[1], sempre trabalhando em algum caso importante. Sempre ocupado demais para fazer uma visita, o que certamente não impressionava Jackie.

— Você pode perguntar a ele da próxima vez que aparecer. — Ela pegou a bolsa. — Ok. Peguem os casacos e vamos.

Nell agarrou o velho casaco grosso de Jackie que havia encontrado no fundo de um armário. Era seu casaco de escola favorito no momento. Quando o usava, deixava de ser Nell Beecham e se tornava *Hélène Beauchamp*, aluna francesa legal e bonita, que seguia para a escola pela margem esquerda do Rio Sena, em vez da Estrada de Woodbridge. Ninguém achava que o casaco ficava bem, mas ela não ligava, porque, quando era Hélène, nada a incomodava. O que era útil, pois Gwen a olhava de cima a baixo, com seu jeito diabólico de garota-alfa.

— Já não basta minha mãe ser uma policial, minha irmã tem que ser também uma estranha solitária? — Ela virou a cabeça para um lado e reconsiderou. — Quero dizer, você parece bem, se me deixar ajeitar seu cabelo e colocar um pouquinho de maquiagem...

---

[1] Departamento de Investigação Criminal.

— Minha meta na vida é ser o seu oposto — murmurou Nell, mas Gwen não estava ouvindo.

— ... e fazer as suas sobrancelhas.

— Deixe-a em paz — falou Jackie. — Você não é dona da verdade.

— Não sei muito mesmo... como logo mostrarão minhas notas — concordou Gwen. — Mas sei sobre roupas. Ela parece uma órfã vitoriana.

Com isso, Gwen vestiu seu próprio casaco: era a única pessoa que conseguia fazer com que o uniforme da escola ficasse elegante. Usava as meias pretas nos joelhos, a saia curta, as mangas do blazer puxadas para cima, a camisa ajustada, a gravata dourada e preta num nó gordo e frouxo. Pegou sua bolsa.

— Você não vai usar isso na minha festa de dezesseis anos hoje à noite — ela avisou, enquanto se dirigia para a porta.

— Festa de dezesseis? Do que ela está falando? — perguntou Jackie.

— Ela vai dar uma festa no bosque esta noite — disse Nell.

Jackie olhou a filha mais velha com seu jeito oficial de policial.

— Não, ela pensa que vai.

Então as luzes voltaram.

... como outras cidades e vilas pelo país, Woodbridge acabou de sofrer seu terceiro dia de ataques... relatava o rádio do carro.

Nell tirou uma boina preta do bolso, olhou no espelho retrovisor e a colocou sobre seu cabelo rebelde.

... quem sabe desta vez os sabotadores tenham deixado uma pista de sua identidade. Numa reviravolta bizarra, um avião sobrevoando a cidade durante o corte de energia reportou ter visto luzes desenhando as letras F E N pelas ruas escuras...

Jackie desligou o rádio. Estava interferindo na discussão que travava com Gwen.

— Vou deixar dinheiro para a pizza. Vocês ficarão em casa vendo TV.

— Não. Eu vou dar uma festa!

— Você vai ficar em casa vendo TV.

Nell olhava seu reflexo e tentava prender alguns cachos na boina, mas eles resistiam. O cabelo de Gwen era como seda, enquanto o dela era o oposto. Tinha longos cachos que a faziam parecer um pirulito: uma grande massa de cabelos encaracolados presa ao topo de um corpo muito magro, que ficava ainda mais magro no uniforme preto e nas meias-calças que usava.

— Não posso cancelar! — Gwen uivava como um demônio. — Estamos planejando há semanas.

Nell as ignorava e fazia mais uma tentativa com seus cabelos. Herdara seus cachos de Druscilla Church, a avó delas, que vivia do outro lado do bosque, numa casa vermelha com paredes vermelhas. Segundo seu pai, Druscilla ainda era procurada pela polícia por invadir bases militares durante o "Paz e Amor" dos anos sessenta.

— Você não vai se embebedar no bosque com garotos. Não ligo para o que as outras meninas fazem, você não vai.

— Só vamos acampar.

— Você não vai acampar. Sei muito bem o que isso quer dizer: dividir sacos de dormir, se agarrar. Não nasci ontem.

— É um rito de passagem, mãe.

Nell puxou a boina para baixo até quase esconder suas sobrancelhas e olhou para si; tinha também os olhos da avó, com cílios escuros e um esfumaçado nas pálpebras, como se Gwen a tivesse maquiado.

— Ficar bêbada no bosque e dividir sacos de dormir... — falou Jackie, finalmente parando numa vaga em frente à escola.

Gwen já estava com a porta aberta antes de o carro parar. Imediatamente, um bando de amigas se aproximou, todas usando seus uniformes alterados para se parecerem com Gwen. Ela era a abelha-rainha, elas eram suas súditas fiéis. Tinham até o mesmo cheiro: chiclete de maçã verde e brilho labial de cereja; provavelmente era uma das muitas regras de Gwen.

Jackie se inclinou e gritou:

— Estou falando sério, Gwen. Nada de festa no bosque. Você pode até receber Jake, mas não ficar a tarde inteira no quarto com a porta fechada, e ele não pode passar a noite. Estarei de volta amanhã de manhã, às oito.

Gwen colocou a cabeça no carro.

— Você arruinou a minha vida.

— Que pena.

Gwen esperou até que sua mãe se afastasse.

— Desculpe, mas eu avisei — falou Nell, mas Gwen a ignorou.

Então gritou para seus amigos.

— Danem-se os cortadores de energia. Espalhem a notícia: a festa está de pé!

Três

O sinal estava prestes a tocar, mas Nell procurava por Evan River.

Ele não estava entre os alunos que se apinhavam perto dos portões, nem entre os sentados no muro ou reunidos em grupos. Nell já estava achando que ele havia faltado, quando o viu.

Ele não vinha à escola hoje, ela pensou.

Não vestia o uniforme. Estava numa *scooter*, uma Vespa, com o motor ligado. Inacreditavelmente, mesmo para seus padrões misteriosos, tinha um garotinho pendurado à sua frente: os mesmos olhos negros, o mesmo formato de rosto, o mesmo cabelo branco fino voando com a brisa. Talvez um irmãozinho. O todo era completamente ilegal: menor de idade, sem capacete, dirigindo com uma criança. Jackie enlouqueceria.

Ele observava Gwen e seus amigos. Sem surpresa: todos os garotos olhavam quando a turma de Gwen andava em direção à escola. Eram como uma matilha de salukis, poodles e Lassies bem escovadas, com seus belos cabelos e maquiagem exagerada.

O sino escolheu aquele momento para tocar, e ela percebeu que teria de passar por ele.

Não seria um problema, disse a si mesma. Vou dizer casualmente *Oi* enquanto passo. *Nada de escola hoje, né? Que sorte!* Ou fazer uma piada, como já vi Gwen fazer milhões de vezes.

O problema era que esse tipo de coisa saía naturalmente de Gwen, enquanto Nell provavelmente iria fazer uma bobagem. Era impressionante como sabia a fórmula de equações algébricas, mas não a de fazer amigos.

Diminuiu o passo conforme foi chegando mais perto. Pior ainda: e se ela dissesse algo e ele a ignorasse? Ela não podia correr o risco, porque perto do portão estavam suas duas ditas "amigas" Paige e Bria. Elas cochichavam entre si e piscavam, olhando-a rapidamente para ver se ela havia percebido que a estavam ignorando. No período passado, haviam sido suas melhores colegas, mas então, de repente, durante o verão, tinham se transformado em obsessivas por compras, amantes de brilho labial, garotinhas saltitantes com seus namorados a tiracolo e sem tempo para ela. Eram umas traidoras: disseram que não fariam aulas de dança nesse período e haviam se matriculado às escondidas. Agora, todas as vezes que Nell as vê, é como se houvesse um punhal cravado em seu coração.

Enfiou as mãos nos bolsos, abaixou a cabeça, levantou os ombros e seguiu em direção aos portões. E, em meio ao barulho dos alunos gritando uns com os outros, ouviu uma voz.

— Ei, Nell.

Era Evan? Ele a havia chamado? Ela continuou andando; não poderia correr o risco de cometer um erro diante de Paige e Bria.

— Nell? — foi mais alto dessa vez.

Ela parou e se virou. Ele não apenas tinha falado mais alto, mas estava bem atrás dela. Havia estacionado a Vespa na calçada. Se os professores o vissem, iriam enlouquecer. Ele não parecia estar preocupado.

— Desculpe — ela falou. — Não ouvi você.

Ele riu.

— Se desculpando novamente.

Ela piscou.

— Eu avisei. É um hábito. É como se eu tivesse uma Tourette muito educada. — Os olhos de carvão a olhavam. — Nada de escola hoje? — ela perguntou.

— Fiquei acordado a noite toda trabalhando. — Ele parecia realmente cansado, com grandes olheiras.

— O corte de energia não atrapalhou você?

Ele pareceu achar engraçado o comentário.

— Eu não me incomodo quando as luzes se apagam.

O garotinho já estava saltitando e gritando:

— Ei, ei, vamos!

Evan fez uma careta.

— E agora eu tenho que cuidar o dia todo desse pestinha. — Ele mexeu ligeiramente no cabelo do garotinho. — Diga oi, Bean.

O garoto balbuciou alguma coisa e puxou Evan em direção à *scooter*.

Ela sorriu: não conseguiu evitar.

— O garoto misterioso está de babá?

Ele mexeu em algo no guidão. Ela percebera antes, quando o observava secretamente, que seu rosto podia se transformar como o vento, de mal-humorado a feliz e intrigado em segundos. Agora, parecia cansado.

— Parece que estou sempre cuidando de alguém — Evan falou.

Nell deu uma olhada para sua irmã.

— Algumas vezes eu sinto o mesmo.

Por um instante, eles concordavam totalmente. Então:

— Nell — disse uma voz inoportuna.

Ela voltou à terra. Bria e Paige estavam lá de braços dados.

— O sinal tocou. Vamos nos atrasar.

As palavras delas poderiam soar amigáveis, mas seus olhares eram zombeteiros. O punhal no coração de Nell penetrou mais fundo.

— Por que estão falando comigo? — perguntou desajeitadamente.

Do canto do olho, podia ver Evan observando-as. Parecia que Bria e Paige também haviam percebido. Ficaram jogando os cabelos, tentando parecer garotas-alfa, como Gwen, mas elas não eram do grupo.

— Calma, Nell — disse Paige docemente. — Apenas íamos nos desculpar por ter rido quando prendeu seu cabelo na porta do carro ontem!

As duas explodiram em gargalhadas e olharam para Evan, para ver se ele iria juntar-se ao grupo de tortura.

— Acho que algumas pessoas do outro lado da rua não sabem disso — murmurou Nell. — Talvez vocês devam ir até lá e contar.

— Ele é uma graça — Bria falou para Paige, como se ele não pudesse ouvir.

Na turma de Gwen, tudo era medido em graça. Se alguém ou algo não era uma graça, então não existia.

Para a surpresa dela, Evan as encarou por alguns segundos e falou:

— Então, por que vocês duas não dão o fora? Esta é uma conversa pessoal.

Nell apenas conseguiu segurar a boca. Ele realmente a estava defendendo?

Parecia que sim, porque os olhos de Paige se estreitaram de um jeito maldoso.

— Ops, estava errada. Ele *não é* uma graça. Ele gosta de Nell, o que significa que é um perdedor.

— Sim. E você andaria naquilo? — falou Bria, olhando para a *scooter*.

— E talvez vocês devessem cuidar da sua própria vida? — ele disse. Virou-se para Nell. — Quem são elas?

— Duas garotas cujo único objetivo na vida é copiar a minha irmã.

Bria fez cara de mau humor.

— Sim, é por isso que nos tornamos suas amigas, idiota. Porque você é irmã da Gwen. Só por isso.

O punhal foi mais fundo dessa vez e torceu também. Algumas vezes parecia que Gwen tinha tudo. Jackie dizia que até mesmo no carrinho de bebê Gwen tinha um jeito de sorrir para estranhos que os aproximava. E que sempre dava um jeito de tirar de Nell qualquer brinquedo que quisesse.

Parecia que agora ela também tirara suas amigas.

Para sua surpresa, entretanto, Evan as estava ignorando. Ele ainda mantinha seu olhar fixo em Nell.

— Bem, tem algo importante que preciso lhe dizer — falou. — Ouvi sua irmã. Vocês vão para o bosque esta noite?

— Sim — falou Paige, incapaz de compreender a dica.

Ele olhou para ela irritado.

— Estou falando com Nell.

Bria e Paige se entreolharam e sorriram.

— Fale conosco — disse Paige de um jeito tímido. — Ela não é do tipo que vai para o bosque, mas nós...

— Buzz — respondeu Evan bem alto.

— Buzz, buzz — imitou o garotinho alegremente.

Ops, sei o que acontece agora, pensou Nell.

E eles foram cercados pelo som de milhares de abelhas. Exatamente como foi com Rikstall. Bria parou de falar, sua boca meio aberta, então as duas pegaram suas bolsas, penduraram-nas nos ombros e foram em direção ao portão, como se tivessem esquecido sua vingança contra Nell. O garotinho acenou enquanto se afastavam.

Quando desapareceram, ela virou-se para Evan.

— Como consegue fazer as pessoas esquecerem você? — perguntou. — Tem esse barulho de abelhas e então é como se as mentes delas ficassem vazias.

— Você percebe as coisas — ele disse.

— Eu avisei. Preciso descobrir tudo. Talvez eu tenha algum detector no meu sangue. Então, como você faz isso?

— É um dom — ele respondeu, meio zombando seriamente. — Mesmo entre o meu próprio povo, eu sou especial.

— Aposto que sim — ela disse de um jeito sério. — E por que não funciona comigo?

Ele não respondeu de imediato.

— Você é diferente — finalmente falou.

Nesse momento o sinal tocou e os alunos começaram a passar por eles, reclamando com Evan por ocupar espaço com a *scooter*. Ele os ignorou. E também Nell. Se o mundo inteiro tivesse desaparecido, ela provavelmente não teria percebido. O que ele quis dizer com *você é diferente*?

— Não vá ao bosque esta noite — ele disse.

A entrada da escola havia esvaziado. Estavam sozinhos e um silêncio foi quebrado pelo garotinho ajoelhado fingindo estar dirigindo a Vespa e fazendo *brum-brum* com diversos movimentos de voo.

Nell se embrulhou em seu casaco, sentindo um frio repentino.

— Por que você está me dizendo isso?

Ele não respondeu. Parecia estar lutando internamente com algo.

— Com licença... você, sim, você, garoto! — uma voz gritou. Era Foster, o delegado adjunto vindo em direção a eles. — Saia da calçada.

Evan o ignorou.

— Eu não sei — disse, parecendo confuso. — Talvez eu não devesse me incomodar. Exceto porque você me ajudou aquele dia no bosque.

Ela deu de ombros.

— Isso é o que garotas estranhas fazem — falou, tentando fazer piada. — Ajudam garotos estranhos no bosque.

— E você tem uma irmã problemática.

O que Gwen tem a ver com isso?

— Eu tenho um irmão assim — ele olhou em volta, tentando parecer casual, mas ela notou que estava nervoso com alguma coisa. — Por favor... não vá ao bosque esta noite.

— Você tem idade suficiente para dirigir aquilo? — perguntou Foster enquanto se aproximava. — Qual o seu nome?

Os dois o ignoraram dessa vez.

— Por quê, o que vai acontecer? — Nell estava com a mão sobre o coração, que batia mais rápido.

Ele acelerou a *scooter*; o garotinho agarrou o guidão e riu animado.

Foster a tirou do caminho.

— Você não pode dirigir com uma criança... saia agora — ordenou. — Vocês nem estão usando capacetes. — Olhou para Evan. — Acho que é melhor você vir comigo enquanto eu examino isso.

Evan o ignorou. Inclinou-se para a frente para poder ver Nell.

— Por favor. Isso é um alerta — disse e, por um momento, não parecia uma babá, ou um garoto da escola. Parecia um garoto que podia viver livremente no bosque. Então, acenou para ela e se foi numa nuvem de fumaça azul, com o garotinho pulando de alegria.

Ela ficou olhando a estrada vazia por tanto tempo que se atrasou para a entrada. Foi a primeira vez.

O Conto do Elfo-Rei

Veja o rosto branco na janela enquanto a tempestade ruge!

É o Elfo-Rei. Ouça enquanto ele mexe no trinco e tenta entrar. Como ele tenta alcançar sua filhinha no berço perto do fogo. A mãe dela é humana, e a criança foi tirada dele. O que o impede de tomá-la de volta? Nada neste mundo, além da ferradura pendurada acima da porta. É um veneno para ele.

Veja como ele se enfurece, ameaça e grita de desespero.

"Minha elskling, minha preciosa, minha única família", ele chora para o bebê. "Eu não posso chegar perto de você!"

Oh, a pena em seu rosto branco como giz contra o céu negro, e as lágrimas que caem como chuva.

"Mas espere!", ele grita. "Terei minha vingança no mundo dos homens. Vou pegar suas crianças."

Então ele se vira e voa de volta para a névoa. Dizem que seu rugido ainda pode ser ouvido até hoje.

Contos tradicionais

Por Druscilla Church, Sociedade Britânica de Folclore

Quatro

Druscilla Church encarou Nell.

— Tem certeza de que está tudo bem?

— Tudo ótimo, vó — Nell cruzou os dedos atrás das costas.

— Humm. — A avó olhou para ela demoradamente. — Se você diz. — Ela fechou o zíper da jaqueta e saiu com sua moto. — E fique dentro de casa. Nada de vagar por aí, nem entrar no bosque. É perigoso. — Ela olhou para a casa de Nell, para o jardim, para o início das árvores, onde o luar delineava tudo com sua luz pálida. — Não confio nas noites em que tudo parece fantasmagórico.

Em seguida, ela se foi pela Woodbridge Road com sua longa trança cinza balançando como uma cauda. Nell acenou até ela desaparecer na curva, então levou o pequeno pacote para Gwen, ainda sentindo o aroma de óleo de patchuli de sua avó.

— Pode parar de se esconder. Vovó deixou um presente para você.

A cesta de vime do canto, com roupas por passar, foi empurrada para a frente e Gwen saiu detrás dela.

— Pensei que ela ia me achar com aqueles olhos de águia! — exclamou.

Nell a encarou com a mão sobre a boca, tentando não rir.

— O que foi?

— Tem calças na sua cabeça.

As duas começaram a rir, rolando pelo chão. Visitas da avó motoqueira as afetavam assim. A velha senhora tinha um jeito de ficar olhando para as netas como se estivesse tentando ler os seus pensamentos, em especial quando elas tinham segredos a esconder. Era a única hora em que ficavam do mesmo lado.

Finalmente Gwen não conseguiu mais resistir ao pacote. Sentou-se com as pernas cruzadas.

— Me dê.

O papel de embrulho foi rasgado e ela segurou um colar de ferro com diversas estrelas, luas e outros amuletos *hippies* de formatos estranhos pendurados. A cada aniversário, a avó dava a elas um colar, o que era útil, já que Gwen era como um pavão: adorava coisas brilhantes.

— Todo ano a mesma coisa. Mas eu gostei de verdade deste aqui! Vó... amo você — ela declarou, colocando o colar no pescoço e posando em frente ao espelho. Fez bico para o seu reflexo e suspirou. — Embora um celular novo fosse melhor. Será que ela sabe que isso existe?

— Sim, mas ela vive de pesquisar contos de fada — comentou Nell pacientemente. — Isso significa pequenos colares de fadas em vez de celulares.

Gwen se olhou novamente satisfeita.

— Vou usá-lo na festa. É enfeitiçado como o bosque.

— Mas você ouviu a vovó dizer que não devemos ir — insistiu Nell.

— Ela sempre diz isso — respondeu Gwen despreocupadamente. — Ela é uma abraçadora de árvores, uma crédula. Sempre nos avisa. Eu entendo. É um tabu. — E sorriu animada com os olhos brilhando. — É por isso que preciso ir. Porque não é permitido.

Nell resmungou.

— Mamãe vai enlouquecer quando descobrir. Faça a festa na casa de alguém. Ou no nosso jardim.

— Não. Precisa ser no bosque. É muito bizarro — insistiu Gwen. — E o guarda não patrulha durante a noite. — Olhou fixo para a irmã do seu jeito mais inocente. — Mamãe está ocupada demais para organizar qualquer coisa este ano, então isso significará menos estresse para ela.

— Ela disse para fazermos um chá de aniversário no domingo — lembrou Nell.

Gwen deu uma gargalhada.

— Sim, com vovó como a principal convidada! O papai vai aparecer e ele e mamãe vão discutir, como sempre. Essa é a minha festa.

Tom Church partira logo após o nascimento de Nell. Ele e Jackie nunca se casaram, mas Gwen tinha o seu sobrenome. Segundo Gwen, Jackie só havia ficado grávida uma segunda vez para tentar não deixá-lo ir embora, mas não funcionou. Isso fazia sentido para Nell: não admira que ela tivesse nascido ansiosa, com todas aquelas expectativas sobre os ombros de um bebê. Isso provavelmente explicava por que o pai também não gostava dela.

Gwen suspirou e sentou-se em frente a ela.

— Desembucha. Qual o problema?

Ela deu de ombros.

— É o corte de energia. Faz tudo ficar estranho.

O aviso de Evan não havia ajudado. Nell passara o dia todo pensando sobre o significado daquilo, mas ainda não conseguira compreender. Será que ele achava que ela tinha alguma escolha? Quando Gwen decidia que faria algo, ela fazia.

— Devem ser terroristas — completou sem convicção. — Nós devíamos ficar em casa com as portas trancadas.

Gwen revirou os olhos.

— Bobagem. Você está assim porque mamãe e papai são policiais. Escuta todas essas coisas ruins e isso a deixa ansiosa. Devia ser como eu e não ligar, nem ver o noticiário. Metade do que falam provavelmente é inventado. Frituras, aquecimento global, terroristas, gangues, drogas... relaxa. — Ela ligou o alisador e ficou batendo com ele contra os joelhos, esperando aquecer. — Você não precisa vir. Pode trancar as portas e ver TV.

— Pouco provável — falou Nell. — Se você vai, eu vou.

Alguém tinha que cuidar de Gwen. E esse alguém era ela.

— Oba! Ótimo. — Gwen tentou ser gentil com ela, mas foi uma tentativa terrível. — Vou alisar seu cabelo de um jeito caprichado.

— Não quero.

— Claro que você quer. Agora, sente-se. — Colocou as mãos nos ombros de Nell e a forçou a sentar num banco. Observou-a como uma profissional. — Quer ele preso para trás?

— Nem pensar. É o meu escudo.

Gwen assoviava como um contador Geiger.

— Você se esconde atrás dele.

— Exatamente.

A irmã empunhou o alisador.

— Você tem sorte de eu existir, sabia? — declarou. — Vou ajudar você a ficar perfeita como eu. — Fez uma pausa. Nell esperou pela derrubada. — Ou o mais perto da perfeição que você for capaz de chegar.

Ela sentou quieta enquanto Gwen trabalhava em seu cabelo. Sua orelha queimou diversas vezes, porque Gwen estava também bebericando uma caneca de café temperado com o conhaque de Natal de Jackie e gritando instruções para as amigas pelo viva-voz do celular.

— Diga a Jake e Jed para chegarem cedo e armarem as barracas. Quantas temos? Cinco? É o suficiente: podemos nos espremer nelas. Quanto mais apertado melhor; como sardinhas. Adoro ser uma sardinha.

Nell ouvia gritinhos e risadas vindos do telefone.

— Eu não vou ficar espremida numa barraca com todas vocês e seus namorados — falou Nell sem muita convicção.

— Você vai ficar bem. — Gwen deu um gole na caneca, fez careta e engoliu. — Pare de se preocupar.

Levou quinze minutos para Gwen fazer algum progresso no cabelo encaracolado e indisciplinado dela. Quando a irmã terminou, Nell foi se olhar no espelho. Seu cabelo alisado estava muito comprido. Parecia uma das garotas de um dos quadros pré-rafaelitas que tinham visto numa viagem de artes até Londres;

diferente, mais velha; na suave luz da lamparina seus olhos pareciam estar pintados. Suas sobrancelhas, normalmente franzidas de preocupação, não lembravam tanto duas lagartas: estavam mais leves.

Ela parecia com a bela Hélène Beauchamp. A Hélène legal, que nascera durante uma daquelas terríveis saídas com o pai, sentada no McDonald's, enquanto ele olhava pela janela, ou falava de trabalho no celular, ou discutia com Gwen enquanto a ignorava.

Gwen remexeu no cesto de roupa suja e pegou um *top*.

— Use isto.

— Não. — Nell nem precisou olhar; se era da irmã, ela não queria usar. Gwen usava coisas um número menor para que vestissem nela como uma segunda pele.

A irmã revirou os olhos.

— Você não pode ficar andando por aí com os ombros curvados, vestindo camadas e camadas de *leggings*, saias e blusas.

Nell se afastou do *top* mínimo.

— Posso. Os garotos me olham estranho se eu não me camuflar. — Nell passara toda a vida não competindo com a irmã. Se Gwen usava uma coisa, ela usava o oposto.

— Eles gostam de você, é isso — a irmã disse.

— Eles zombam de mim.

— Isso significa que eles realmente gostam de você.

Nell fez careta.

— Bem, não estou interessada.

— Vai ficar — Gwen a olhava de cima a baixo. — Pelo menos não vai congelar com todas essas camadas. Mas ainda assim você precisa de um casaco. Não quero você resmungando que está com frio.

Nell subiu e desencavou um velho casaco de peles que havia encontrado no sótão quando elas se mudaram para a casa. Era macio, escuro, e quase chegava aos pés. Ainda tinha cheiro de pó compacto antigo e um pouco de naftalina. Quando desceu, Gwen a olhou de lado.

— Sabe de uma coisa, para alguém que parece uma mendiga a maior parte do tempo, algumas vezes você tem uma ideia genial. Esse casaco de vampiro é tão estranho que é legal. Queria ter pensado nisso.

Elas se encontraram com os outros convidados na velha igreja perto da alameda. Eram mais de vinte, sentados no muro cheio de musgo do cemitério. Lá atrás, o vigário estava parado entre os túmulos cheios de mato, observando-os como se de repente fossem vandalizar alguma coisa. Levavam mochilas cheias de cidra, cerveja e garrafas de vodca compradas por irmãos e irmãs mais velhos. E também sacos de dormir, barracas, ponchos e caixas de som portáteis.

Bria e Paige estavam sentadas juntas, abraçadas com os namorados. Andar no entorno da turma de Gwen estava valendo a pena para elas. Não tinham sido convidadas exatamente, mas a turma gostava de ter seguidores que se apegavam a cada palavra e copiavam tudo o que faziam. Por isso eram tolerados.

Nell sentou-se sozinha. Nos últimos minutos, seu estômago havia decidido embrulhar-se e seus níveis de ansiedade estavam nas alturas. Era como se uma parte dela, uma parte não pensante, tivesse sentido algo perigoso no ar e tentasse lhe dizer para correr, correr como o vento.

Ela estava prestes a checar sua pulsação, certa de que seu coração batia fora do ritmo, quando alguém se deixou cair ao seu lado.

— Não sente aqui com esse olhar distante — disse Gwen. — Vá falar com suas amigas.

— Elas não são mais minha amigas.

Gwen deu de ombros.

— Fácil. Arranje novos amigos.

— Estou tentando. — *Exceto que ele não é um garoto normal de Woodbridge*, acrescentou silenciosamente.

— Então seja mais como eu — respondeu a irmã impacientemente.

Hélène se mostrou:

— Superficial e perversa?

— Não, fabulosa — disse Gwen, mal ouvindo. Estava contando as cabeças. — Acho que estão todos! — Sua trupe estava reunida e ela estava pronta para levá-los para o bosque.

Como se concordasse com Gwen, o relógio da torre começou a tocar. Ela pulou do muro, batendo palmas.

— Ok, pessoal! Hora de ir!

Antes que o eco do sino da igreja se calasse, a turma toda se dirigiu para o bosque. Nell os deixou passar, então seguiu atrás deles. A alameda que levava ao bosque era iluminada por três postes de luz que jogavam um brilho amarelado em tudo. Ela andou até o foco de luz do primeiro.

Ele se apagou.

Na verdade, ela ouviu um breve *plinc* quando a lâmpada apagou. Nell parou. Deu meia-volta apoiada nos calcanhares, arrepios por todo o corpo. As luzes da estrada atrás dela ainda estavam acesas. Assim como as luzes da Casa Rowan e da Casa Beech, os edifícios altos do outro lado da estrada. Não era um corte de energia. Seu coração acelerou, mas ela disse a si mesma para não ser tão idiota. Era apenas coincidência. Saiu rapidamente da sombra e se apressou em direção ao último dos amigos de Gwen, enquanto eles pulavam o portão trancado ao final da alameda e desapareciam no bosque.

Plinc!

Quando pisou no segundo foco de luz, este também se apagou. Dessa vez, ela não parou. Seguiu adiante, andando rapidamente. Havia um último poste no final da alameda onde começava o bosque. Aquele não se apagaria. Isso seria ridículo.

Plinc!

A terceira lâmpada estalou. A escuridão a envolveu como um veludo. Ela parou. Virou-se com o coração martelando. E bem à sua frente, pendurada no ar, estava a palavra NÃO!

Levou um tempo até ela perceber que as letras não estavam realmente escritas no céu, mas eram as janelas iluminadas dos dois prédios. O resto das luzes tinha se apagado. Havia, inclusive, um ponto de exclamação formado por quatro janelas acesas, um espaço, e mais uma janela.

Um vento súbito soprou em sua nuca. Tinha o perfume de pinheiro. Evan estava por perto. Ela vasculhou a área. Primeiramente não conseguia ver nada, então a lua intermitente saiu detrás das nuvens e lá estava ele, encostado contra a parede de um prédio. De alguma forma ela tinha certeza de que ele a estava observando.

Era esse o seu aviso? Mas como poderia ser, como ele poderia fazer aquilo com as luzes?

Ela desviou o olhar, confusa. Quando olhou de volta, ele tinha desaparecido. Não havia onde se esconder: nenhum arbusto, nenhuma porta. Ou ele teria desaparecido no ar, ou atravessado a parede.

Ou estou enlouquecendo, ela pensou.

Um segundo depois, todas as luzes das Casas Rowan e Beech se apagaram e, com elas, o aviso, como se nunca tivesse existido. E então, como uma praga terrível, a escuridão começou a se espalhar. As luzes de fora da igreja se apagaram. E também as da estrada principal, uma após a outra, como uma cadeia de dominós. Então, como se alguém tivesse desligado um interruptor, os prédios altos do centro da cidade desapareceram. E, um instante mais tarde, o grande edifício da delegacia de polícia também, onde Jackie e seu pai trabalhavam.

Nell não conseguia se mexer. Olhava aquilo horrorizada. Era como se toda a cidade tivesse desaparecido em segundos, e tudo o que restara fora um mundo de escuridão.

O feixe de luz de uma tocha apareceu repentinamente no muro.

Ela entrou em pânico e gritou.

— Nell? — falou a voz.

Ela piscou em direção à voz, fazendo sombra sobre os olhos.

— Gwen está pedindo, por favor, para ir em frente! — falou Jake. — Bem, não exatamente com essas palavras. Você conhece Gwen-Boca-Suja-Church.

Ela deu um suspiro de alívio.

Mas, enquanto Nell o seguia se afastando da cidade escura em direção ao bosque, algo bem perto começou a uivar.

Cinco

O uivo ecoou sobre a Casa Vermelha, chorando suas lágrimas de sangue.

O prédio ficava perto do bosque havia duzentos anos, a algumas milhas da casa de Nell. Após cada chuva, filetes de água vermelho-ferrugem saíam das esquadrias de ferro de suas portas, telhado e janelas, e corriam das calhas, manchando a grama e os arbustos que cresciam à sua volta. Uma placa descascada no portão dizia: Sociedade Britânica de Folclore.

Druscilla Church, sua atual proprietária, escutou o uivo. Ela pegou uma tocha e saiu pela porta dos fundos. O bosque começava ao fim do jardim. Ela sentou-se numa velha cadeira de balanço na varanda e ficou olhando para a massa escura de árvores. Elas ainda estavam emolduradas com um prateado fantasmagórico que não parecia vir do luar.

Algo estava acontecendo lá. Ela não conseguia ver, mas podia sentir. Desde que voltara para casa e estacionara sua moto Harley, seus pensamentos se mantinham focados em Nell. Tinha certeza de que algo estava incomodando sua neta.

Uma brisa veio cortante do bosque, cheirando não a carvalho, faia ou vidoeiro, mas a pinheiro. Ela sabia que não havia pinheiros ali perto.

O uivo soou novamente. Ela sentou-se ereta, o coração batendo forte. Então foi até a garagem e pegou uma corrente de ferro. Enrolou-a no punho, voltou para a varanda e sentou-se com a corrente nos joelhos.

— Fen — ela murmurou na escuridão.

Seis

— Cão feroz — falou Jake enquanto se apressava para se juntar aos outros. — Provavelmente um bull terrier que um garoto de um bando deixou solto. Não vai chegar perto de nós.

— Não — respondeu Nell. — Não era um cão.

Uma vozinha em sua cabeça gritava perigo. Mas isso não fazia a menor diferença: Gwen estava no bosque, então era para onde Nell deveria ir.

Galhos se prenderam ao seu cabelo e casaco. Criaturas desconhecidas corriam na escuridão através das silvas. Uma coruja gritava como um demônio. Morcegos voavam e mergulhavam por entre as árvores à procura de mariposas. A sombria catedral do dia, com seus troncos em forma de pilares que mostrava imponente, se tornara uma enorme abóbada subterrânea, completamente escura, exceto onde as falhas no frondoso dossel deixavam entrar a luz irregular prateada do luar.

O uivo soou novamente.

— Lá, veja! Parece um lobo — ela insistiu.

Jake colocou um braço amigo sobre os ombros dela.

— Cães, lobos, dá no mesmo. Pare de se preocupar, nada vai acontecer. — De repente ele deu um rugido e correu, chocou-se com um garoto à frente e rolaram nas folhas enquanto as garotas gritavam.

Ela continuou andando sozinha, seus ombros erguidos. O bosque fora um dia parte da grande floresta Sherwood. Alguns de seus carvalhos provavelmente foram testemunhas das idas e vindas de Robin Hood e seus amigos. Romanos haviam derretido ferro ali, saxões haviam queimado carvão. Era muito, muito mais velho do que a cidade que vinha comendo seus limites havia anos. Sobrevivera inexplorado, indomado, imperturbável desde o começo, mas não havia sobrevivido às estradas que o cortara em pedaços, nem aos arquitetos da cidade. Bastava olhar para os nomes das ruas próximas, Chestnut Crescent, Oak Drive, os prédios Beech e Rowan, para perceber que até mesmo aquele pequeno canto da antes grandiosa Sherwood era maior não havia tanto tempo assim.

Quando ela chegou a um caminho iluminado pelo luar, olhou para cima e viu o céu negro com uma lua cheia, perseguida por algumas nuvens que se apressavam. Uma brisa se apresentava enquanto a luz se apagava, e agora era forte o suficiente para fazer as árvores estalarem e sussurrarem. Mas todos os sons naturais do bosque eram completamente abafados pelos gritos e risos das garotas andando à sua frente, e as vozes dos garotos num grande grupo, na retaguarda. Tochas piscavam por entre as árvores enquanto os garotos corriam, cheios de energia e excitação, cortando galhos e fingindo brigar uns com os outros, jogando suas vítimas no chão, ou atirando punhados de folhas nas meninas.

Andaram em direção a uma luz fraca que se mostrava por entre as árvores e, subitamente, chegaram a uma clareira. As barracas já estavam prontas, e um grupo de meninos tentava acender uma fogueira dentro de um círculo de pedras, mas passavam mais tempo discutindo e tentando queimar uns aos outros com fósforos do que pondo fogo nos gravetos. Uma pilha de garrafas e latas estava de um lado. Alguém havia invadido o barracão de seu jardim e pegado alguns suprimentos, e cerca de quatro ou cinco longas varas de bambus cujas pontas haviam sido mergulhadas em cera colorida tinham sido fincadas no entorno, gerando uma luz amarela intermitente.

Gwen foi imediatamente envolvida por um grupo de amigos, então Nell sentou-se num tronco perto do fogo e abraçou seus joelhos, o colete de lã sobre as mãos e o ar úmido da noite já tentando fazer com que seu cabelo encaracolasse novamente. De repente, um som de baixo trovejou pela clareira e subiu acima das árvores. Mais outro. Então uma batida começou e o resto do som explodiu; as caixas de som portáteis de Jake estavam fazendo o bosque sacudir.

Em volta dela, sombras dançavam enquanto as meninas gritavam e os garotos rugiam. Era como se eles tivessem retrocedido dois mil anos, agora que a cidade estava apagada. Eles poderiam ter sido celtas da Idade do Bronze, pintados em tom pastel, dançando ao redor do fogo, olhando uns para os outros. Ela pegou um graveto e colocou no fogo, para ter o que fazer. Ninguém mais parecia preocupado por estar ali.

Mas ninguém mais tinha uma mente gritando perigo o tempo todo. Ninguém mais sentia calafrios. Ninguém mais havia sido alertado por um garoto misterioso.

Aquela mensagem, o grande NÃO, era para ela? Teria sido um segundo aviso? Como um garoto poderia ter alterado as luzes de um prédio inteiro bem antes de a cidade ficar às escuras? Isso sem dizer que ela se percebeu procurando na escuridão para ver se ele estava lá, observando-a. Porém, não havia ninguém.

Então, vindo com a brisa, o som do sino da igreja bateu nove horas.

Apenas três horas até a meia-noite. Ele havia dito não entre no bosque *esta noite*. Após a meia-noite, não era mais noite, tecnicamente. Era manhã. O que significava que, se o aviso fosse verdadeiro, ela tinha apenas algumas horas para esperar.

A noite avançava. Ela bocejou e se embrulhou no casaco. A música fluía pelas árvores e se espalhava pelo ar através da força do vento. A lua ainda brilhava, mas as nuvens corriam ainda mais rápido. Ela olhava as garotas e os garotos dançando, se abraçando, se beijando. Todos eram diferentes à luz do fogo; Gwen parecia uma personagem de *Sonhos de uma noite de verão*, seus olhos se iluminavam enquanto se envolvia ao redor de Jake. Certamente aquilo era melhor do que as festas de debutantes que via na TV, em que as filhas ganhavam carros esporte e tinham ataques se o pai encomendasse a cor errada.

O relógio da igreja bateu dez horas, suas badaladas desvanecendo e ficando mais altas à medida que o vento as levava através das árvores.

Ela continuou olhando as sombras, mas não viu Evan River. Sabia que, se ele aparecesse na festa, todos iriam falar com ele, lhe dar uma bebida e então esquecer que ele existia. As abelhas iriam zumbir, aquele olhar vazio recairia nos olhos deles, e, se ela perguntasse a alguém sobre ele, diriam, ah sim, o garoto branquelo, é uma graça, e então o esqueceriam.

Algo farfalhou no matagal atrás dela. A vozinha fraca começou novamente, gritando perigo o tempo todo. Ela olhou para a escuridão, em direção ao caminho que levava à névoa.

Um brilho branco. Um galho balançando muito, como se algo tivesse passado por ele.

Ela ficou de pé. Seria ele? Seria Evan?

Ela se pôs na ponta dos pés para olhar as árvores. Lá estava novamente: no fundo das sombras, algo branco e baixo, piscando como um fantasma por entre as árvores. Ela deu um passo para a frente e um graveto se quebrou sob seu pé. A mancha branca fantasmagórica parou e subitamente dois olhos azuis se iluminaram como lâmpadas. Eles a encaravam.

Ela gelou. Apenas olhos de animais brilhavam daquele jeito. Seu coração acelerou, e durante algumas batidas eles encararam um ao outro, e foi como se o animal piscasse e fosse embora. Ela viu um brilho branco novamente e ele se foi.

Não era um bull terrier. Jake estava errado. Terriers eram como bancos de piano, com uma perna arqueada em cada ponta, eles gingavam enquanto se moviam. Aquela coisa se movera como líquido. Fluiu.

Ela começou a tremer e não conseguia parar. Pensou ter visto Evan na cidade, com um lobo. Ok, Jackie dissera que provavelmente era um husky e que não era branco, mas cinza-escuro. Agora ela pensava ter visto outro. Olhou em volta para certificar-se se mais alguém tinha percebido, mas não. Devia falar com alguém, mas o que iria dizer?

Ei, gente, eu vi um lobo. Ah, esperem, poderia ter sido um cão. Ou talvez até mesmo um cão fantasma...

Isso daria motivos para Paige e Bria rirem. Hélène teria pensado rápido e tirado uma foto com seu celular. Mas naquele momento ela não era Hélène, e ninguém acreditaria nela. Voltou rapidamente para perto do fogo. Pareceu ser a única coisa sensata a fazer. Todos os animais detestavam o fogo, ficaria segura ali.

Teve a sensação de uma eternidade até o sino tocar novamente: onze badaladas agora.

Por que o tempo passava tão lentamente? Tudo o que queria era pegar Gwen e ir para casa. Sua irmã estava totalmente bêbada. Parecia estar discutindo com Jake, embora fosse difícil afirmar, já que os dois encenavam um pouco, algumas vezes gritando, outras sussurrando, como se o controle de volume deles estivesse quebrado. Pareciam discutir sobre se Jake tinha ido para o escuro com Becca.

Depois de um tempo, Gwen veio e se jogou no tronco ao seu lado.

— E aí, mana! — ela disse quando viu o rosto preocupado de Nell. — Qual é, cara? — Tomou um gole da garrafa que segurava. — Me conte tudo.

— Eu vi alguma coisa nas sombras — Nell falou rapidamente. — Acho que devemos ir embora. Está perigoso aqui esta noite. Posso sentir.

— Sim! — respondeu Gwen vagamente.

— Sei que parece idiota, mas acho que tem um lobo andando por aí — ela continuou. — Acho que tem a ver com a névoa. E com Evan. Ele me avisou para não vir para o bosque. Vamos embora?

— Sim.

O fogo escolheu essa hora para estalar e iluminou o rosto de Gwen. Nell fez uma pausa, seu coração apertou.

— Na verdade, não era um lobo, era um elefante — ela completou.

— Sim. Elefante — murmurou Gwen. Ela olhava para Jake e estalava os lábios. — Você acha que Jake está a fim da Becca? Ele fica sorrindo para ela pelas minhas costas.

Nell suspirou. Por um momento havia pensado que Gwen realmente se preocupara com ela e viera ver se estava bem.

— Por que ele iria sorrir para Becca se tem você? — Nell atenuou.

Gwen olhou para o rótulo da garrafa.

— Eu sei. Era o que eu achava. Talvez não seja, Nell.

Nell teve que se controlar para não ficar de queixo caído.

— Ei, eu sou a preocupada! Você é a que se arrisca. Vá e pegue o Jake!

Gwen pareceu surpresa, então olhou para Jake.

— Você está certa. Não vou pensar desse jeito. Sou especial. Não posso ficar em segundo lugar, jamais. — Ela ajeitou os ombros, deu um sorriso encantador para a irmã e a abraçou. — Obrigada, amor. — Então se foi.

Nell olhou para as chamas e deixou a mente passear num sonho acordado no qual ela era a alma da festa, e todos a escutavam e riam de suas piadas.

Após um tempo, alguém disse:

— Já sei, vamos contar histórias de fantasmas.

Ela piscou e olhou em volta. O tempo devia ter passado. Os outros estavam sentados ao redor do fogo. Gwen e Jake estavam lá. E também Bria e Paige.

— Eu sei uma, juro que é verdade — falou Becca. — Aconteceu com uma colega da minha mãe. A filha dela tinha saído com o namorado e o carro deles ficou sem combustível. Era por volta de uma da manhã e estavam completamente sozinhos no meio do nada.

— Aposto que sei o que estavam fazendo! — gritou alguém.

— Calado! Então o garoto sai para pedir ajuda e diz à namorada para trancar as portas. Ela fica sentada lá, esperando o namorado voltar. De repente, algo bate no para-brisa. Ela levanta os olhos para ver... — Becca fez uma pausa.

— O quê? — umas três pessoas perguntaram ao mesmo tempo assustadas.

— ... não era o namorado, mas um homem maluco estranho, rindo feito um lunático. E ela vê que ele está balançando algo na mão direita. Ele coloca o rosto bem perto da janela e levanta lentamente a mão direita. É a cabeça de seu namorado decapitada...

Gritinhos ressoaram ao redor da clareira.

— Vou vomitar — falou Gwen.

— Espere, espere. Tem mais. Então ela desmaia, e quando acorda ele ainda está lá segurando outra coisa.

— O quê? — gritou Gwen.

— A chave do carro!

Mais gritos.

— E a moral da história é... — continuou Becca. — Não fique se agarrando com garotos em carros.

As garotas desataram a rir.

Lenda urbana, pensou Nell puxando sua gola de peles para cobrir as orelhas. É sempre com o amigo de um amigo, e nunca é verdade; mas ela sentiu arrepios e olhou em volta assim mesmo. *Anda, meia-noite, rápido!*, ela implorou silenciosamente.

— Sua vez — disse Gwen.

Alguém a cutucou. Ela olhou para cima.

— Hã?

— Sua vez.

— De fazer o quê?

Gwen revirou os olhos.

— Cabeça oca. Eu disse... é a sua vez de contar uma história de fantasma.

Todos os olhares se viraram para Nell. Sua mente estava vazia, não conseguia lembrar uma única história. Viu Paige começar a ficar animada.

— Eu sei uma sobre a filha do Elfo-Rei — Nell deixou escapar.

Bria e Paige explodiram em gargalhadas e, pela primeira vez, ela não as culpou. Por que havia lembrado aquela história? Não era uma lenda urbana, era apenas uma história que a avó costumava contar quando elas sentavam em sua cadeira de balanço na varanda, e tremiam ao olhar para o bosque escuro no final de seu jardim.

— Sem querer ofender — falou Paige, de forma totalmente áspera —, mas esse é um conto de fada, não uma história de fantasma.

Nell queria desaparecer nas sombras e ir para casa imediatamente, mas o socorro veio de uma direção inesperada.

— Está zombando da minha avó, Paige? — Gwen olhou a garota de um jeito gélido. — Essa é a história dela. Então, cale a boca e ouça. — Ela deu um grande sorriso para a irmã. — Continue, Nell.

Nell ficou olhando para o fogo, evitando os olhares do círculo.

— Bem, é sobre o bosque... como este — ela começou. — É um tipo de aviso sobre as névoas.

— Como aquela do buraco — acrescentou Gwen.

— Sim. Se você estiver num bosque e vir uma névoa que nunca se move, não entre nela, porque é um portal para algum outro lugar.

— Legal — falou Jake. — Vou entrar direto.

— Vai direto para a parte esquisita — disse Gwen impaciente. — Sobre o bebê.

Os rostos ficaram mais tensos e quietos. Estaria Evan River lá fora, ouvindo, escondido na escuridão? Ela balançou a cabeça, afastando aquele pensamento.

— Nos tempos antigos — começou —, havia uma garota que vivia numa casa no bosque. E, perto dela, havia um caminho de névoa que nunca se mexia. Um dia ela viu um estranho saindo de lá e se apaixonou por ele.

— Provavelmente um vagabundo ou um bêbado — riu Paige.

Gwen bateu no braço da garota.

— É como falar com uma tábua! Eu disse para você calar a boca — ela falou. — Você pode andar perto de nós, mas não pode falar!

— Então — Nell retomou, sentindo-se ridícula — o homem disse a ela que era o Elfo-Rei e lhe mostrou como dançar pela névoa e entrar no seu mundo.

Como Evan, ela pensou. De certa forma ele dançava pela névoa. Seria por isso que lembrara da história depois de todos esses anos? Ela tinha uns cinco anos de idade quando a avó a contara pela primeira vez. Era uma noite como aquela, prateada e fantasmagórica, a cadeira de balanço rangendo na varanda, e as árvores do fundo do jardim respondendo.

— Quando chegaram ao palácio dele, a garota quis ficar lá, mas ele lhe deu um aviso. Se ficasse mais de uma noite e um dia, de um pôr do sol até o próximo, uma terrível maldição recairia sobre ela, e ela morreria. A menina não se importou, era uma cabeça de vento, e ficou. Durante um ano eles foram muito felizes, ele lhe deu mil colares de ouro e a encheu de joias preciosas.

— Hum... — falou Gwen.

— Então ela teve uma menina, e o Elfo-Rei amava aquela filhinha. Ele a chamava de sua *elskling*, que significa preciosa, na língua dele.

— *Elskling* — repetiu Gwen, e colocou os braços ao redor do pescoço de Jake.

— Mas ela ficou com saudades de seu próprio mundo — continuou Nell, tentando parar de olhar para as sombras. — Eles tiveram uma grande briga por causa disso.

— Aconteceu com minha prima — comentou Becca. — Ela e o namorado discutiram sobre o bebê e acabaram tendo que ir ao tribunal.

Todos mandaram que ela se calasse.

— O Elfo-Rei a lembrou sobre o aviso — Nell prosseguiu. — Disse que, se ela fosse embora, morreria. Mas a garota achava que era apenas uma enganação para mantê-la ali.

— Minha prima precisou ir para um abrigo de mulheres — insistiu Becca em meio a um coro de pedidos de silêncio.

— Então, numa noite escura — falou Nell ignorando a interrupção —, ela fez as malas secretamente e correu de volta para a névoa, junto com seu bebê. Foi correndo para casa e fechou todas as janelas. Pregou uma ferradura acima da porta, porque sabia que o Elfo-Rei iria atrás dela e o ferro era a coisa que mais odiava no mundo.

— Aí vem a parte de arrepiar — falou Gwen, abraçando as pernas.

— Não demorou um instante. A garota ouviu o Elfo-Rei uivando por vingança enquanto saía da névoa. Ele estava louco de desespero. Ela correu para fechar as cortinas, mas lá estava ele! Seu rosto branco como giz pressionado contra o vidro.

Ninguém se mexia. Esperavam o grande final. A mente de Nell escorregou para o passado, a festa se apagou, o tronco onde estava sentada se transformou na cadeira de balanço. Ela e Gwen estavam encolhidas, duas garotinhas com olhos arregalados. A avó estava na cadeira em frente com um de seus livros de histórias nos joelhos, mas não estava lendo, olhava fixo para o bosque escuro. A voz da avó entrou em sua mente.

— E o Elfo-Rei tentava entrar, mas a ferradura acima da porta o segurava. "Minha pequena *elskling*!", ele uivava. "Meu precioso bebê! Não posso alcançá-la por causa do ferro", gritava. "Eu avisei... fique mais de um dia e uma noite e morrerá se sair. Se olhe no espelho." Então ela se olhou e gritou de horror. Sua juventude e beleza haviam desaparecido, estava velha, com os cabelos brancos e a face enrugada como uma maçã podre. Caiu para trás e encostou-se a uma poltrona, mas estava morta antes mesmo de se sentar.

Nesse ponto, a avó se virava e dizia com uma voz assustadora que fazia as duas garotinhas se abraçarem. — Esse foi o começo da maldição do Elfo-Rei. A cada cem anos, os Elfos vêm buscar uma criança humana por vingança. E elas não podem escapar, porque, se o fizerem, envelhecem e morrem.

Nell inclinou-se. A cadeira de balanço desapareceu. O crepitar do fogo voltou. Gwen a encarava do outro lado da fogueira, com os braços no pescoço de Jake. Os tempos em que as duas se abraçavam haviam ficado para trás. Todo mundo também olhava para ela, os rostos iluminados pelo fogo.

— Fim — ela acrescentou e certificou-se de que haviam percebido que a história tinha acabado.

— Isso é muito idiota. Como alguém pode envelhecer numa noite! — falou Paige, quebrando o silêncio.

— Pode acontecer — disse Jake. — Talvez o tempo corra de forma diferente em cada mundo. Ou o ar envenene os humanos se ficarem tempo demais.

— De qualquer forma, é idiota — concordou Bria de um jeito zombeteiro. — Como alguém pode ser alérgico ao ferro?

— Pode — falou Nell. — Conheço uma pessoa que é.

Seria esse outro motivo para ter se lembrado da história? Evan tinha duas coisas em comum com o Elfo-Rei. Seus olhos percorreram o círculo escuro de árvores ao redor deles, mas não viu nada se mexendo, nem mesmo o cão branco fantasma.

— Alguém conhece uma história de fantasma de verdade? — perguntou Paige acintosamente.

Mas ninguém parecia estar no clima. Alguns se encaminhavam para as barracas, outros começaram a procurar algo para comer. Dois garotos resolveram aumentar o fogo.

E então o sino da igreja tocou a meia-noite. Nell contou as badaladas: *seis, sete, oito...*

Ela começou a relaxar. Nada acontecera. Evan havia falado muito... tentado assustá-la, apenas.

Nove, dez, onze...

E o lobo era provavelmente um cachorro grande, um pastor-alemão de olhos azuis.

Doze.

Sim! A tensão se desfez dentro dela como um elástico. A noite acabara, e isso significava que estava segura... certo?

Quando o eco da última badalada se calou, Jake ficou de pé no meio da clareira.

— Ei! Alguém viu Gwen?

Sete

Nell correu pelas árvores. Pegara um dos galhos em chamas do chão e o segurava à sua frente, com a chama crepitando e soltando fumaça, jogando estranhas sombras para todos os lados.

— Gwen! Onde você está? — chamou. — Responda!

Pulava de um trecho enluarado para outro, os cabelos da nuca arrepiados, como se uma parte dela soubesse que algo antigo e estranho a estava observando. Não tinha ideia de para que lado Gwen pudesse ter ido, mas seus pés pareciam querer ir em direção à névoa, e foi para onde seguiu.

Quando sentiu o chão começar a descer, pensou ter visto algo se mover na escuridão. Agora não havia luar, as nuvens encobriam completamente a lua. Ouviu um murmúrio baixinho.

— Gwen — sussurrou com um tremor na voz. — Fique parada, se pode me ouvir.

Segurou a tocha mais alto, e a intermitente luz amarelada se espalhou e iluminou a cena à sua frente.

Seu coração quase parou.

Parecia uma bela pintura a óleo chamada *Garota aterrorizada e o lobo à luz da tocha.*

Gwen estava de costas contra um tronco. Sua expressão era histérica, os olhos arregalados e brilhando com as lágrimas. A bolsa estava caída a seus pés, mas sua maquiagem, escova, carteira e perfume aerossol estavam espalhados pela relva, como se ela tivesse balançado loucamente a bolsa aberta.

O lobo a havia encurralado. Ele estava a um metro de distância, seus olhos eram como safiras à luz da chama, seu pelo branco era luminoso. Um graveto se quebrou sob o pé de Nell. Os olhos impiedosos se viraram para ela, a rejeitaram, e se voltaram para Gwen novamente.

— Nell! — ela soluçou. — Faça alguma coisa!

Nell não teve chance. O lobo avançou. Saltou, furioso e selvagem, com a mandíbula escancarada na direção do pescoço de Gwen. Ela fez um som ofegante, pequeno, mas terrível, e caiu para trás, contra o tronco.

Sem pensar, Nell deixou cair a tocha e correu para a frente. Pegou o perfume aerossol de Gwen, ele caiu, ela se atrapalhou, pegou-o novamente, apontou e apertou o botão. Houve um chiado e um jato chocante de perfume de flores atingiu direto os olhos e o nariz do lobo.

Ele enlouqueceu. Virou-se para ela, selvagem e furioso. O focinho coberto de sangue, os olhos estreitos. Algo brilhava em sua mandíbula. Era o colar de aniversário de Gwen. O lobo o havia arrancado de seu pescoço. Ele o cuspiu e avançou em direção a Nell. Ela caiu para trás, sua mão perto do galho. Ainda queimava. Pegou-o e o balançou no ar, deixando soltar faíscas douradas. O lobo deu um grunhido enlouquecido e se agarrou a ele.

— Thor! — rosnou uma voz rouca.

O lobo parou. Nell pôs-se de pé, segurando a tocha bem alto.

— Quem está aí? Quem é você?

Uma sombra alta se mexeu na intermitente luz amarelada. Ela vislumbrou uma manga, uma mão, mechas de cabelo prateado balançando suavemente. Alguém estava lá. Não era Evan, era alto demais, mas era alguém com o mesmo cabelo branco.

— Vou chamar a polícia — disse, afastando-se.

A voz do homem assoviou outra ordem numa língua que ela não conhecia. O lobo olhou para ela friamente mais uma vez, virou-se e desapareceu na escuridão junto com a pessoa.

Nell correu em direção à irmã.

— Rápido, vamos sair daqui!

Gwen ainda estava encostada contra a árvore com os olhos vidrados. Quando Nell pegou seu braço, ela lentamente caiu de joelhos e desmaiou na grama úmida.

Nell abaixou a chama para iluminar o rosto de Gwen e ajoelhou-se ao seu lado.

— Pare de brincar, vamos! Tem um cara esquisito por aí.

Gwen permanecia caída, com os olhos meio fechados e as sobrancelhas cerradas como se estivesse destrinchando alguma coisa.

Nell tirou o cabelo da irmã do rosto. Seus dedos ficaram gosmentos. Aproximou-os da luz da chama. Estavam vermelhos. Gwen estava sangrando! Ela aproximou mais o fogo. Havia marcas de mordida em seu pescoço e um grande corte onde o lobo havia puxado o colar. Sangue pingava na grama.

— Por favor, Gwen, você pode andar? Você precisa de ajuda.

Gwen continuava imóvel. Nell virou-se. Não podia deixá-la, não daquele jeito! Mas a ajuda estava chegando. Podia ouvir as vozes gritando bem perto. Uma era de Jake chamando por Gwen, como se procurasse pelos caminhos. Ela deu um suspiro de alívio.

— Gwen, vou buscar ajuda. Volto em alguns segundos.

Virou-se e correu, seu coração disparado, a respiração soluçando, até deparar com Jake. Ele tropeçava como se estivesse bêbado.

— Você a encontrou? — falou com a voz pastosa.

— Vem comigo. Aconteceu uma coisa! — Ela agarrou o braço dele.

— Ela ficou enjoada? Eu avisei que cidra não era bom...

— Ela está sangrando, Jake. Foi atacada.

Nell o arrastou até onde Gwen havia caído. Jake usava a lanterna do celular.

Nada de Gwen!

A chama ainda estava lá. Assim como a bolsa e as manchas escuras de sangue na grama. O colar quebrado também. Ela o pegou. Tinha o cheiro do perfume de Gwen. Mas Gwen sumira. Ela olhou enlouquecidamente ao redor. Havia se afastado apenas por alguns segundos.

— Onde ela está? — falou Jake, ficando sóbrio rapidamente.

— Ela estava aqui. Inconsciente! — Nell gritou.

Algo farfalhou nos arbustos atrás dela. Ela colocou o colar no bolso e se virou. Passos se afastavam rapidamente. Ela começou a correr, seus pés deslizaram quando chegou ao buraco. Abaixo dela a névoa se contorcia como tinta branca na água. E por um momento pensou ter visto a figura alta levando algo nos braços e a silhueta do lobo a seus pés. Estavam fugindo em meio à névoa.

Ela penetrou loucamente no declive atrás deles, não pensando, apenas reagindo. Seus pés derrapando e deslizando nas pedras, silvas arranhando sua pele, mas ela chegou ao outro lado sem ver mais nada. Nenhuma figura assombrada. Nenhum lobo. Nenhuma irmã.

Soluçando, ela correu de volta para Jake.

— E-e-eu vi esse homem nas sombras. Acho que ele a levou para a névoa.

Jake a agarrou.

— Você viu um estranho e a deixou aqui sozinha?

— Ouvi você gritar. Estava perto. Foram alguns segundos.

— Pelo amor de Deus, Nell!

Uma tocha brilhou.

— O que está acontecendo? — perguntou Becca, correndo pela trilha em direção a eles. — Onde está Gwen?

Nell respirou fundo.

— Desapareceu. E vi esse estranho andando por perto. Tinha um animal com ele. Ele atacou Gwen e agora temos isso. — Ela caiu de joelhos e segurou a chama de modo que as gotas de sangue brilhassem como rubis.

— Oh, céus! — gemeu Becca e correu de volta para a clareira.

— Nós... nós precisamos chamar a polícia — falou Jake, e sentou-se do jeito que senta uma criança. Alguns minutos mais tarde, mais tochas começaram a abrir caminho pelas árvores.

Logo depois disso, a gritaria começou.

Oito

Nell ouviu as sirenes ganhando vida por todos os cantos da cidade quando foi disparado o aviso de que um incidente ocorrera no bosque.

Carros de polícia estavam a caminho, e também um paramédico, mas ele não teria nada a fazer, além de tratar os amigos histéricos de Gwen. Nell desejou que os carros chegassem mais rápido. Já haviam perdido de outros garotos da Woodbridge Road e da cidade próxima, atraídos pela rede de mensagens de texto. Garotas se abraçavam em grupos, soluçando. Outros gravavam em vídeo o sangue numa atitude mórbida, até os amigos de Gwen se aproximarem, arrancarem seus celulares e os atirarem nos arbustos. A cena do crime estava sendo pisoteada. Alguns dos amigos mais práticos tentavam esconder a pilha de latas vazias, enfiando-as em mochilas, entregando-as aos recém-chegados, mandando-os descartá-las na lata de lixo mais próxima.

Nell se encolheu e desejou que tudo aquilo acabasse. Queria fugir o mais rápido que pudesse.

Alguém acreditaria quando ela contasse o que vira? Será que até mesmo a mãe acreditaria nela? *Havia um lobo e a sombra de um homem, juro. E eles levaram Gwen para dentro da névoa.* Por que isso não podia ter sido apenas mais um exemplo de sua patética obsessão em se preocupar com coisas que não acontecem? Por que sua preocupação com a festa se tornou realidade? Por que isso não podia ser apenas Gwen dando seu showzinho habitual para chamar atenção, escondendo-se para poder fazer uma grande cena mais tarde?

Por que a polícia não chega? Por que a mãe não chega e lhe diz que tudo vai ficar bem?

Então alguém deu um grito de alívio e lanternas começaram a aparecer entre as árvores, enquanto alguns garotos indicavam o caminho para a polícia e o paramédico. Daí em diante, tudo era barulho e movimento: rádios da polícia apitando, vozes gritando, ordens sendo dadas.

— Veja, o celular dela! E aqui está o sangue!

— Afastem-se todos vocês! Parem de pisotear aqui em volta.

— Que diabos estava acontecendo aqui? Alguém estava dando uma festa?

— Vocês, mais velhos, fiquem todos ali.

— Quem desapareceu?

Por um instante, o burburinho cessou.

— Gwen Church — disse Nell.

O silêncio continuou.

— Maldição! — falou uma voz na escuridão. Então mais silêncio. — Alguém já avisou a Jackie?

Os policiais começaram a sussurrar uns para os outros. Um deles avisou.

— Ela está a caminho agora. Vou buscá-la — disse e saiu.

Uma policial colocou o braço ao redor de Nell dizendo:

— Você vai ver, tudo vai ficar bem. Sua mãe chegará logo.

— Eu vi alguém — Nell falou, mas a policial já tinha ido embora.

Perto dela, o policial que chegara primeiro estava falando com os participantes da festa e anotando seus nomes e endereços, o que não era uma tarefa fácil, já que muitos deles estavam histéricos, as garotas soluçavam, os meninos tentando explicar que não tinham bebido tanto. Metade deles dava nomes falsos ou se escondia entre as árvores. Jake estava sentado no tronco perto do fogo com os cotovelos sobre os joelhos e a cabeça abaixada, e uma policial estava sentada ao seu lado com o braço em seu ombro, falando gentilmente.

Uma mão gigante parecia espremer todo o ar para fora dos pulmões de Nell, e ela mal podia respirar. Uma sombra surgiu à frente dela com uma tocha crepitando, e ela foi envolta por um forte abraço. Era Jackie, de uniforme, cheirando a ozônio e batatas ao vinagre, que comera no jantar.

— Você está bem! — exclamou. — Mas onde está Gwen? Disseram que alguém desapareceu. Não foi Gwen. Não! Não foi Gwen!

— Desculpe, mãe! — ela disse. — Desculpe. Desculpe — foi tudo o que conseguiu dizer.

Jackie a segurou pelos ombros. Ela podia sentir as unhas da mãe penetrando em seu casaco de pele.

— O quanto ela bebeu?

— Eu não sei — respondeu Nell.

— Você conhece sua irmã... ela fugiu com algum garoto? Para fazer ciúmes a Jake ou algo assim?

— Não! Eu vi uma coisa, mãe. Havia um homem por perto. E vi a sombra dele.

Jackie a sacudiu.

— O quê? Você devia ter me ligado. Me contado sobre a festa.

— Desculpe! — Ela respirou fundo. — A sombra que eu vi... acho que algumas pessoas vivem na névoa. Sabe, como o garoto de quem falei na escola.

— Que garoto?

— Eu falei para você hoje de manhã!

— Ah, não me venha com isso agora, Nell.

— Ele vive na névoa.

Jackie a encarou.

— O quê?

Nell agarrou a manga de sua mãe.

— Tem que haver outro caminho que leve a algum outro lugar...

Jackie franziu a testa e soltou a mão dela.

— Nell, você bebeu?

— Não!

— Então vá embora e se acalme. Por favor. Você sabe o que tem que fazer. Eu preciso ajudar na busca.

Jackie olhou em volta. Pais estavam aparecendo de todas as direções, chamando por seus filhos e filhas, abraçando-os, levando-os embora, ou falando humildemente com a polícia. A maior parte dos garotos da festa tinha casas que davam de fundos para o bosque, como a dela. Nell viu o alívio nos olhos dos adultos quando percebiam que não tinha sido o seu filho a entrar nas sombras e não sair. Jackie a puxou e entregou para um policial.

— Ele vai levá-la para a delegacia logo. Não vai, Bob?

Bob se virou e colocou sua grande mão no ombro dela.

— Oh, céus, Jackie, é claro! Depois volto para a busca. Não se preocupe, vamos achá-la.

Jackie balançou a cabeça, impotente.

— Nell — ela disse. — Preciso ir.

A menina acenou e a empurrou.

— Desculpe. Desculpe. Vai!

E ficou vendo sua mãe se afastar.

— Church — ela dizia no rádio. — Para o bosque. Agora!

O bosque se encheu de gritos, assovios e burburinho de rádios enquanto a polícia se espalhava e fazia a busca. As pontas brancas de suas tochas piscavam e passeavam por entre as árvores.

Na clareira havia equipes de peritos e dois adestradores com pastores-alemães presos em suas coleiras. Outros colocavam uma fita de isolamento e, até onde Nell conseguia ver, grupos de garotos soluçavam e se abraçavam.

Nell esperou até sua mãe desaparecer, aguardou quieta até Bob voltar e começar a anotar mais alguns nomes e endereços. Então correu. Não para casa, mas em direção à névoa.

Longe da clareira, o bosque se fechou ao redor dela, como se tivesse ficado cega. O vento mais forte fazia as nuvens baterem na face da lua e o ar se tornou frio e úmido. Raios de luz prateada ainda brilhavam através das árvores aqui e ali. Eles não pareciam mais de contos de fada, eram ameaçadores.

Ela tropeçou e se atrapalhou ao longo do caminho em direção ao buraco, desejando ter apanhado uma tocha.

Preciso fazer isso, por Gwen, ela pensou, afundando as unhas nas palmas das mãos para afastar o medo que ameaçava invadi-la.

Ela seguiu o caminho em direção ao buraco, pulando a cada estalar e farfalhar, com o lobo branco caçando-a em sua mente. Finalmente chegou. A névoa brilhava como néon. Começou a deslizar em sua direção, o cheiro de pinha rodopiando ao seu redor.

— Espere até Church saber — disse bem alto uma voz atrás dela.

Olhou para trás e viu dois policiais que conhecia vagamente, um homem e uma mulher. Certamente Jackie os mandara checar o buraco e a névoa.

Ela se escondeu atrás de um arbusto e ficou bem quieta.

— Ele vai ficar furioso — continuou a mulher. — Sua própria filha passando a noite no bosque, se embebedando.

— Ela é uma dondoca, a tal da Gwen.

Nell cerrou os punhos. Parem de falar dela desse jeito, ordenou silenciosamente. Abaixou-se mais ainda quando chegaram perto, suas tochas balançando na escuridão.

— Eu não deixaria minha filha passar a tarde no quarto com o namorado, de porta fechada.

— A outra, Nell, é uma coisinha estranha. Todo mundo pensa que ela é tímida, mas tem uma língua afiada, sempre espreitando pelos cabelos, observando tudo.

— Assustada com sua própria sombra. Ela diz que viu um estranho por perto.

— Treze anos de idade e no bosque à meia-noite... o que Jackie está pensando da vida!

— Há algo suspeito acontecendo, eu acho. Quero dizer, talvez Gwen tenha conhecido alguém na internet e fugiu com ele? Ela não parece ser do tipo que escolhe seus namorados com cuidado.

— Que Deus tenha piedade de quem a pegou quando Church colocar as mãos nele. Ele até me assusta quando sai sozinho — falou a policial.

Nell sentou-se nos calcanhares. Então seu pai botava medo em todo mundo, não apenas nela.

Os dois policiais passaram, vasculhando os arbustos dos dois lados com suas tochas. Desceram o declive sem perceber que ela estava lá, e no fundo começaram a xingar, pulando de pedra em pedra: o policial reclamava que seu pé havia afundado até o tornozelo na lama quando escorregou. Por alguns passos, suas tochas iluminaram a névoa, e ela os ouviu começarem a subir do outro lado.

Esperou até as vozes sumirem e desceu para as pedras. Era um tipo de pedra branca com manchas de quartzo que brilhavam ao luar. Eles seguiram à frente dela até que a névoa espessa os envolvesse. Envolveu também os sons. O chiado dos rádios, as vozes dos pais e o soluço das meninas silenciaram. Entretanto, a música celestial estava lá. Dessa vez, havia também um fraco murmúrio de vozes. Ela juntou as mãos para fazê-las parar de tremer, os punhos de seu casaco de pele estavam melados com o sangue de Gwen. Era como se houvesse pessoas perto dela, mas não conseguia vê-las.

Ela hesitou com o pé na primeira pedra.

Aqui estava novamente, no limite das coisas. Era levada a isso, sempre sentava-se no canto da sala, sempre à margem de qualquer grupo. Agora isto: de alguma forma sentia como se estivesse no limite do mundo.

Estava prestes a romper com qualquer precaução sensata de segurança. Alguém como Hélène Beauchamp não estaria nessa confusão: Hélène jamais. Ela teria um plano, nunca teria deixado as coisas chegarem àquele ponto. Mas ela era Nell, e aquilo acontecera. O pior acontecera com Gwen. Agora precisava fazer algo, assumir o controle dessa coisa terrível.

A história de sua avó dizia que o caminho para o outro lugar era dançar sobre as pedras. Ela olhou para elas, repassando em sua mente a imagem de Evan se movimentando e saltando à sua frente na primeira vez que o seguiu.

Ela respirou fundo. Seu coração começou a pulsar tão forte que Nell precisou bater no próprio peito para não o sentir. Pulou na próxima pedra, a névoa ao seu redor. Obrigou-se a lembrar os movimentos de Evan. Um passo para a frente, dois para o lado, um para a frente, um para o outro lado. Seu cabelo se prendia em gravetos e galhos, quase arrancando sua pele, mas ela o puxava todas as vezes e seguia em frente.

Continuou os dez primeiros passos, cega pela névoa, os pés se movendo no ritmo; começou a tremer e os joelhos enfraqueceram, porque a cada passo um medo terrível recaía sobre ela: sentia como se estivesse muito acima da terra e que o próximo passo poderia ser seu pulo para a morte. A vertigem tomou conta de Nell.

É algum tipo de truque, disse a si mesma desesperadamente. Para fazer as pessoas voltarem. Precisava ignorar. Partiu para a próxima pedra. O sangue gelou: não havia nada abaixo de seu pé, ela iria cair num abismo e seus pais perderiam as duas filhas.

Não. Ela podia fazer isso. Não conseguia ver à frente ou atrás, então a única coisa a fazer era continuar. Para começar, a névoa havia grudado em seu rosto como um tecido molhado. Agora estava ficando mais espessa, era como se mãos estivessem acariciando suavemente sua face. Alguns passos adiante, a terrível textura de teias de aranha, e um de seus horrores vinha andando por uma teia e se prendera ao seu cabelo e rosto.

Mas ela continuou a dança, cinquenta pedras... sessenta pedras. Ela sabia que havia cerca de vinte pedras até o outro lado do buraco. Mas já se tinham ido setenta passos, e o chão ainda estava reto. As silvas também haviam desaparecido, apenas a névoa a cercava agora. Até mesmo o buraco ficara muito maior, ou as pedras a tinham conduzido para algum outro lugar.

Ela não tinha ideia de por onde estava se movendo. Não era ar, terra ou água. Parecia como se estivesse sobre uma água-viva.

Começou a ouvir a música mais claramente. Deu um último passo e o pé tocou terra seca. A névoa saiu de seu rosto, deixando-o melado, mas secando rapidamente. Era como descer de um avião num país estrangeiro. Os cheiros, os barulhos e a sensação do ar eram estranhos.

O último vestígio de névoa rodopiou e recuou, e ela viu onde estava. Era muito, muito longe de casa.

Nove

A música tocava, mas parecia estar vindo de todos os lados, flutuando sobre as árvores espalhadas à sua frente. Notas onduladas, subindo e descendo a escala; o tipo de música que, imaginava, seria tocada no Paraíso. Mas aquilo não era o Paraíso.

Não era o bosque normal também, aquele com o guarda, que começava ao fundo de seu jardim. Este era muito mais escuro, selvagem, as árvores eram deformadas e maciças. Eram pinheiros e abetos, verde-escuros, com folhas em forma de agulha. Erguiam-se ao redor dela com os galhos mais baixos desaparecendo no céu, os troncos cobertos de líquen e musgos, repletos de folhagens de samambaias. Os caminhos que passavam por eles eram como túneis do subsolo.

Eu não deveria estar aqui, pensou. Isso está errado.

Uma lanterna estava pendurada num dos galhos, fornecendo uma luz amarela suave. Ela balançava ao sabor da brisa que cheirava a pinheiro. Acima das árvores havia estrelas, mas elas pareciam se abraçar umas às outras, como se o céu tivesse sido chacoalhado.

Nada era normal ali.

Algo uivou bem no fundo da escuridão e foi respondido por outro uivo. Lobos. Sem enganos dessa vez. Ela queria correr de volta pela névoa para a segurança, mas não podia. Abaixou-se e pegou algo na grama. Era um brinco.

Gwen estava ali em algum lugar.

E não apenas Gwen. Percebeu movimentos pelo canto do olho. Virou-se. Havia outros por ali, flutuando entre as árvores. Pelo balanço da luz da lanterna, pôde ver olhos negros ardilosos encarando-a. A luz refletiu nos cabelos brancos deles, transformando-os em prata e brilhando no dourado de seus pescoços e orelhas.

— Esperem — ela falou, tentando seguir seus movimentos. Tinha certeza de que eram crianças. — Vocês precisam me ajudar... — Mas percebeu um agito na escuridão e eles se foram, desaparecendo como fantasmas.

Porém nada disso importava mais, porque Evan vinha em sua direção.

Ele apareceu por entre as árvores, a luz criando listras em seu rosto, metade claro, metade escuro, como se estivesse usando pintura de guerra. Aos seus pés, o lobo magro e cinza que ela vira com ele do lado de fora da joalheria. Havia algo errado com uma de suas patas traseiras, que o fazia pular feito um coelho. Quando ele parou à sua frente, o lobo parou também, como se fosse um cão treinado, e se enroscou em seus pés.

— Onde ela está? — Nell bateu firme no peito dele com as duas mãos. Ele recuou. Não fez nada para se proteger. Não falou nada. Olhava-a por trás de sua franja espetada.

— Onde ela está?

Algo se mexeu nas árvores. Os outros ainda estavam lá. Talvez atacassem e dessem uma de Rikstall: dez contra um. Ela não se incomodava. Adrenalina corria em seu sangue. Apenas queria Gwen de volta.

Ela o cutucou novamente, medo e raiva borbulhando.

— Anda... me diga!

Dessa vez, as mãos dele se moveram super-rapidamente e seguraram as dela.

— Pare — ele falou, enquanto o lobo ficou de pé ameaçadoramente e um rosnado baixinho ecoou de sua garganta. — Eu não brigo com garotas.

Ela tentou soltar as mãos, mas não conseguiu se libertar. Uma lágrima brotou de seus olhos. Ela piscou para secá-la, não iria deixar que ele a visse chorar. Não era Gwen: lágrimas não eram uma de suas armas.

— Me diga agora, Evan — falou com a voz embargada. — O que está acontecendo?

Ele ignorou a pergunta.

— Como você conseguiu... como passou pela névoa?

— Quando minha irmã desaparece, eu aprendo mais rápido.

Ele balançou a cabeça.

— Você me viu pular as pedras uma vez e lembrou — disse. — Muito inteligente.

— Eu lembro tudo. Algumas vezes é como uma maldição.

— Dessa vez isso colocou você em apuros.

Ela mal conseguia respirar.

— Não me importo.

— Posso soltá-la? — ele perguntou. — Faolan está ficando irritada por você estar me atacando.

— Faolan?

— Minha loba.

Ela olhou para os olhos âmbar da loba. Não eram amigáveis.

— Significa lobinha na língua antiga — ele explicou.

Faolan a encarou mais um pouco, então bocejou, mostrando um conjunto impressionante e assustador de dentes. Nell entendeu o recado.

— Certo, eu paro — falou rapidamente.

Ele aliviou o aperto das mãos e a soltou. Ela enfiou as mãos nos bolsos de seu casaco e respirou fundo algumas vezes, tentando se acalmar.

— Havia outro lobo. Ele mordeu Gwen — ela disse. — Não foi esse. Era branco. E havia um cara, um mais velho e mais alto que você.

— Fen e o lobo dele, Thor. Não a machucou muito — falou rapidamente. — Estava tentando tirar o colar. Ela será curada.

Como se soubesse o que estava sendo falado, um lobo uivou nas profundezas da floresta.

— Você precisa voltar agora — ele disse apressado.

Ela não se mexeu.

— Nem mesmo sei onde estou.

— No bosque.

— Não no bosque que eu conheço — ela disse.

— Esta é a nossa terra.

— Não compreendo.

Ele deu uma versão fantasmagórica de seu sorriso normal.

— Nem o Google Earth, ele sempre se enrola por aqui — falou. — Não consegue lidar com as névoas que conduzem a outros lugares...

Era a vez dela de balançar a cabeça.

— Não. Não pode ser verdade. É impossível — gaguejou.

Embora Hélène sussurrasse, por que os cabelos de seu braço estavam arrepiados, e por que seus dentes estão batendo? Algo estava muito, muito errado, e você sabe disso. Aqui você está muito longe de seu lugar.

— Quero minha irmã de volta, e daí vou embora — Nell disse. — Ela ficará histérica. Detesta a natureza e animais selvagens!

Não havia sequer o sinal de um sorriso no rosto de Evan.

— Eu avisei, mas você não ouviu. Ela é nossa agora — ele falou.

Nell o encarou.

— O quê?

— Você não pode entrar aqui e levá-la de volta.

— Vocês não podem fazer isso — ela respondeu.

— Podemos. — Ele a olhava como se fosse uma estranha. Jamais deveria ter sentado e almoçado com ele, ou tê-lo salvado da gangue de Rikstall. — Podemos parecer com vocês, mas não somos. Muito menos pensamos como vocês.

— Então, quem são vocês? — ela perguntou com a mão na garganta, como se estivesse tentando se estrangular.

Ele encolheu um ombro, como se o que estava prestes a dizer não tivesse importância.

— Somos o velho inimigo de vocês, Nell. Somos os Elfos.

As árvores farfalharam com a brisa leve. Entre elas havia o brilho de um metal afiado, como se alguém empunhasse uma arma. Sussurros explodiram. Os outros ainda estavam lá, ouvindo e observando. E também estava Faolan. Os olhos da loba não saíam de Nell. A lanterna balançou, lançando sombras para todos os lados, em especial pelo rosto de Evan.

— Nunca se perguntou por que os contos de fada são tão sangrentos? — ele questionou. — Porque são o registro de uma batalha. Acontece há séculos. Elfos contra humanos, humanos contra Elfos.

— Não — disse Nell. — São apenas histórias que minha avó conta. Élficos não são reais.

— Elfos — ele corrigiu. — Não Élficos ou Elvos.

Ela balançou a mão, como se estivesse mandando as palavras para longe.

— Não. Isso não pode ser verdade.

— Sim, pode. Compartilhamos o mundo com vocês... até vocês nos expulsarem. Acredite, Nell, milhares de anos atrás vocês nos amavam. Éramos príncipes e princesas das florestas — ele disse. — Então tudo mudou. De repente, havia muito mais humanos e não tantos Elfos. Vocês ficaram com medo de nós. Não obedecíamos às regras. Dançávamos ao luar e nos escondíamos nos bosques. Tínhamos poderes.

— Sim — ela respondeu, apegando-se a algo que sabia ser verdade. — Podem fazer as pessoas esquecerem vocês.

— Como isso. — Por um momento ele pareceu pensativo, e o som das abelhas fluiu ao seu redor. Era como ver um gato ronronando... o barulho estava lá, mas não dava para saber como era produzido. E, de alguma forma, faz uma pessoa relaxar. — Chamamos de encanto. Usamos para alterar a frequência da mente de vocês, então vocês esquecem.

— Não eu.

Ele acenou concordando.

— Sim. Você é especial.

— E como vocês foram expulsos do mundo? — ela perguntou. — São mais poderosos do que nós.

Ele torceu o nariz e, sem pensar, esfregou a cicatriz na palma da mão, adquirida na briga com Rikstall.

— Você conhece nossa fraqueza.

— Ferro?

— Sim. Machuca demais, Nell. Queima como gelo, derrete nossos ossos, faz nossos dentes doerem e cega nossos olhos. É terrível, faz até nossos cabelos doerem. E desvia nossos pensamentos, de modo que não conseguimos encantar vocês e fazê-los esquecerem de nós. Nem conseguimos pensar direito... imagine a pior dor de cabeça de sua vida, e ter que fazer uma prova de matemática.

Bem no fundo do bolso, seus dedos tocaram o colar quebrado de Gwen e o apertaram ligeiramente.

— Você não é um conto de fada — ela falou lentamente.

Ele concordou com a cabeça.

— Há muito tempo vocês nos tiraram de sua história e nos transformaram em contos de fada. É bom para nós a maior parte do tempo. Vemos vocês, e vocês não nos veem. E mesmo tendo nos tirado o mundo... — ele esticou a mão mostrando a floresta em volta — ... quinhentos anos atrás, roubamos uma parte dele de volta e a fizemos nossa.

— Não é possível roubar terra.

— É possível quando se têm instrumentos poderosos. Eles podem pegar uma floresta e levá-la para outra dimensão. E esconder portais na névoa, em seu mundo, assim podemos ir até vocês, mas vocês não podem chegar até nós.

— E o que isso tem a ver comigo?

De repente, ele olhava para todos os lados, exceto para si. Chutou uma pedra.

— Agora as coisas mudaram.

— Como? — ela perguntou.

Ele olhou por cima dos ombros dela como se estivesse, repentinamente, fascinado pelas árvores.

— Queremos nosso mundo de volta.

O gelo correu pela espinha dela.

— Não é de vocês.

— Tampouco é de vocês. — Ele olhou em seus olhos. — Mas isso não impede que os Observadores nos aprisionem.

— Quem? — Nell estranhou.

— Humanos que são imunes ao nosso encanto, como você. Eles policiam os Elfos e nos prendem quando somos encontrados em seu mundo.

— Você esteve na nossa escola. Não foi preso.

— Foi por sorte. Se tivesse sido capturado por um Observador, teria sido enviado para os campos de ferro.

— O que é isso? — perguntou, embora soubesse, pelo olhar dele, que não eram parques de férias.

— Prisões lá no norte — ele explicou secamente. — Milhares de quilômetros longe de qualquer lugar. As cercas no entorno têm dez metros de altura e são feitas de ferro. Todos os Elfos lá dentro são fracos e não conseguem pensar direito.

Lobos uivaram de novo na floresta, porém, dessa vez, mais perto. Ele prestou atenção por um instante, então rapidamente pegou a lanterna da árvore e indicou que ela o seguisse. Estava conduzindo-a de volta à névoa. Ela pôde ver o brilho branco através das árvores.

— Não — ela parou. — Não vou voltar até estar com Gwen.

— Sim, você vai. — Ele fez um pequeno sinal para Faolan e logo a loba estava em posição de ataque, com os dentes à mostra. A expressão de seus olhos âmbar mostrava que estava gostando. Nell começou a andar rapidamente. A loba a seguiu rosnando suavemente, com o focinho quase tocando em sua panturrilha.

— Minha mãe e meu pai estão num desses campos de ferro — disse Evan quando Nell o alcançou. — Eles cometeram o erro de ir ao seu mundo e serem capturados. — Ele deu um tapinha em Faolan, que olhou complacentemente para Nell.

— Você vive sozinho? — ela perguntou, continuando a segui-lo, mas mantendo distância da loba.

— Há mais de nós.

Ela sabia. Uma garota vestida de branco, com cabelos longos todos trançados, flanava atrás deles, mantendo-se tão distante que Nell apenas conseguia ver um formato fantasmagórico. Os Elfos estavam se assegurando de que ela deixaria a terra deles.

— Mas não há adultos. Todos foram mandados para os campos — continuou Evan. — Temos um palácio bem no fundo da floresta. É legal, já que nossas mães nos ensinaram a sobreviver, a cuidar de nós mesmos.

Ela segurou o braço dele para pará-lo.

— E o que isso tem a ver com a minha irmã? — perguntou.

Ele afastou a mão dela.

— A maldição, Nell. Não lembra a história que contou a todos uma hora atrás?

Então ele a estava observando! Ela se arrepiou. Ele estava na escuridão e ela não sabia, mas não o deixaria perceber que ficara incomodada.

— Era um conto de fada — disse. — Não é real.

Os olhos dele brilharam.

— É sim. Aconteceu há muito tempo... o Elfo-Rei perdeu sua filha. Os Elfos têm memória.

— Você pegou a minha irmã por causa de uma maldição idiota sobre uma batalha de custódia de um bebê? Isso é loucura.

— Não era apenas o bebê. A maldição se mantém por causa de todo o resto que perdemos para os humanos. Então, a cada cem anos pegamos uma garota humana.

A respiração dela parou na garganta.

— Estão pegando Gwen para sempre?

Ele não parecia mais um garoto da escola. Parecia perigoso.

— Sim. Mas desta vez será diferente. Desta vez podemos devolvê-la.

Aquilo era sério. Ela não conseguia parar de tremer agora.

A névoa estava densa ao redor deles, esfregando tentáculos gelatinosos em seus rostos e salpicando-os com gotas de gelo. Ela podia sentir seus cabelos alisados encaracolando-se novamente. Evan estava bem à sua frente, mas era como se houvesse uma cortina de seda entre eles. Ele parecia um fantasma.

— O nome do meu irmão é Fen. — Evan mostrou seu punho com a pequena tatuagem da cabeça de um lobo. A névoa escorreu de sua pele. — Todos o chamam de O Lobo. Ele é um defensor da nossa causa, o único que restou. Esse é o seu plano.

— Ele raptou Gwen. Não tem o direito — ela disse.

— Ele não tinha escolha, precisava fazer isso.

— Mesmo? — Sua expressão se tornou sarcástica. — Ele tem alguma compulsão por sequestrar pessoas?

— Não — a voz dele era fria. Não havia nenhum sinal de humor. — Quando nossos pais foram capturados, ele jurou que os libertaria. Vive para vingá-los.

— Isso não é culpa de Gwen. Vou levá-la de volta. Avise a ele.

Evan balançou a cabeça.

— Ele a está levando para o palácio.

Eles se olharam.

— Fen está errado — ela disse. — É um plano idiota.

— Você não sabe de nada. Confie em mim, ele é incrível. É nossa única esperança.

Ele esticou a mão e pegou a dela.

— Venha. — Puxou-a pelas pedras brancas. — Você precisa ir.

Ela começou a pular de uma pedra para a outra.

— Então, por que você me alertou?

Aquilo o fez parar.

— Um instante de loucura. Porque, quando estava olhando você na escola, parecia tão... — Tirou o cabelo úmido dos olhos e pareceu menos selvagem, e mais com o Evan que ela achava que conhecia. — Faço essas coisas de vez em quando. Boas e más. É melhor não confiar em mim.

Ele virou-se e continuou a puxá-la de uma pedra para outra. A névoa começou a ficar menos densa e se tornar mais como tiras de papel molhado soprando ao redor dela. Estava perto de seu mundo novamente. Podia sentir o cheiro de escapamentos e a fumaça da fogueira.

Quando a névoa ficou bem mais rala e o som das vozes gritando os alcançou, ele parou e se virou para ela.

Evan pegou um envelope amassado de seu bolso e olhou para ele por um momento. Nell viu uma escrita estranha e angular na frente.

— Você pode me poupar o trabalho de enviar isso. Eles terão que levar a sério se você o entregar.

— Levar a sério o quê? — ela perguntou.

Ele esticou a mão com o envelope, mas ela não o pegou.

— Os Observadores têm de agora até o pôr do sol para abrir os campos de ferro. E então libertar os Elfos. — Fez uma pausa. — Ou sua irmã será nossa para sempre.

Nell deu um passo para trás, seu pé quase afundando no solo lamacento.

— Não — disse com segurança. — Ela será resgatada. Não importa quanto tempo leve, minha mãe fará isso. Vocês não ficarão com Gwen.

De um lugar bem longe, o sino da igreja do mundo dela tocou.

— O tempo está correndo, Nell — ele disse. — Está quase amanhecendo. Você tem até o pôr do sol de hoje. Se Gwen voltar pela névoa depois disso, então cem anos recairão sobre ela assim que colocar o pé em seu mundo. Ela ficará velha e seca antes mesmo de viver.

Uma série de imagens passou pelos olhos horrorizados de Nell. Gwen de cabelos brancos. Gwen curvada, atacada pela artrite. Sua vida acabada. Não seria mais a abelha-rainha de sua turma. Não mais a garota-alfa. Não mais festas no bosque. Ela iria enlouquecer! Provavelmente se desmancharia em pó ante tal indignação.

— Como eu posso entregar a carta aos Observadores? — ela perguntou. — Não conheço nenhum.

— Sim, você conhece. É parente de um. Foi por isso que escolhemos Gwen.

— Quem?

Ele colocou o envelope nas mãos de Nell. Ela olhou para ele, e lá estava, a única palavra escrita no quadrado estranho: Church. O coração de Nell ficou petrificado apenas de ver o nome dele. Mas fazia sentido. Seu pai era um especialista em perturbar pessoas, então por que ela estaria surpresa por ele perturbar uma espécie inteira?

— Assegure-se de que apenas esse Church, e ninguém mais, receba a mensagem. Não estamos blefando, Nell. Vou voltar ao bosque a cada hora: cada vez que o relógio da igreja bater. Diga a eles que venham com provas de que abriram os campos.

Seus olhos se encontraram. Ele parecia frio e despreocupado, sua mão agora estava na cabeça de Faolan.

— Mas alerte-os, Nell: nem um minuto após o pôr do sol... ou Gwen será nossa.

— Nunca vou perdoá-lo por isso — ela disse.

Ele deu de ombros.

— E daí? Elfos e humanos jamais poderão ser amigos.

Então ele e a loba se foram.

Um Aviso a Todos os Jovens

Cuidado com os Elfos, minhas crianças. Não sejam iludidos por eles. São belos como a luz das estrelas, ferozes como lobos e frios como o gelo.

Eles saem das névoas para as nossas aldeias, rindo e dançando do seu jeito, alegrando nossas pobres e melancólicas vidas humanas. Então acordamos no dia seguinte e descobrimos que nossa comida desapareceu misteriosamente. Mas, pior do que isso, é quando eles cantam à noite, nos chamam e levam nossas filhas.

Não ouçam o seu canto, ele os encantará e vocês estarão perdidos.

Cuidado com os Elfos, dizemos, eles vivem para nos ferir e nos roubar. Isso os diverte assim como um bebê se diverte com um farfalhar.

Mais Contos Populares Misteriosos
Por Druscilla Church, Sociedade Britânica de Folclore

Dez

O céu do amanhecer tinha uma cor desbotada. Linhas finas e longas de nuvens cor-de-rosa estavam sobre uma enorme lua transparente que se apagava conforme o dia clareava.

Cães farejadores latiam, alguns bem perto, outros de longe. O orvalho pingava das árvores e uma névoa que nada tinha a ver com a do buraco envolvia as raízes como uma fumaça rasteira.

Nell andou em direção à clareira.

De um lado uma figura escura balançava uma lanterna pelo chão, como se fosse um sabre de luz. Ela sabia o que estavam fazendo. Era um perito e buscava pequenas gotas de sangue com a lanterna azul especial, criada para fazer sangue vermelho brilhar como néon. Ele estava perdendo tempo. Mesmo que as gotas o levassem diretamente até a névoa, e lá houvesse um enorme letreiro dizendo *Nós Levamos Gwen Por Aqui*, ainda assim não acreditariam e não a encontrariam.

Eles podiam dispor de mil policiais e nenhum deles conseguiria salvar sua irmã. Ela havia sido levada para um mundo que não era detectável por lâmpadas especiais que mostravam manchas de sangue. Ou pela coleta de pequenos fios de cabelo ou linhas. Ou por policiais andando em fila, passando um pente-fino pelos caminhos. Eles encontrariam muitas coisas deixadas no bosque: garrafas, jornais velhos, livros escolares, carteiras que foram roubadas por ladrões como Rikstall e que haviam sido descartadas depois de retirado o dinheiro e os cartões de crédito. Mas não haveria nada que pudesse levá-los a um lugar que não existia.

Alguém estava gritando o nome de sua mãe. Os passos pareciam próximos. Nell se escondeu atrás de um tronco quando Jackie se apressou por entre as árvores.

— Jackie! A mídia está aqui — alguém gritou. — Querem você ou o Church na clareira.

Ela segurou a respiração quando a mãe passou, tentando prender os cabelos para trás e ajeitar o uniforme.

Ver qualquer um aflito era assustador, mas, quando era um policial, era mais assustador ainda. Essas eram pessoas que resolviam acidentes de trânsito, cenas de crime, brigas; que batiam à porta dos outros para lhes dar notícias trágicas; que faziam assassinos em série confessar e conversavam com pessoas desesperadas prestes a pular de pontes. Então, ver sua mãe agora com os olhos cheios de pânico era a pior coisa que Nell já havia testemunhado.

— Onde está o Church? — ela gritava. — Digam a ele que eu cuido disso.

Então, baixinho, Nell a ouviu dizer a Bob, que corria atrás dela:

— Se ele vier me dizer mais uma vez que eu não devia tê-la deixado ir à festa, eu o acerto, eu juro. — Ela agarrou o braço de Bob. — Se o vir, diga a ele para procurar por Nell, ela está em algum lugar por aqui. Ela também é filha dele...

Eles sumiram na meia-luz. Nell respirou fundo algumas vezes e foi procurar por Church. Primeiro achou seu carro: grande, brilhante e mal estacionado, de modo que ocupava duas vagas na entrada do bosque. Ninguém lhe diria para estacioná-lo direito. Então ela ouviu sua voz vindo do bosque. Ele estava um pouco à frente de seu caminho.

Ela sentou-se sobre o capô e ficou olhando ele vir em sua direção com a névoa da manhã rondando seus tornozelos. Ela o observara a vida toda. Pelo corrimão da escada, quando dava desculpas para não sair em passeios com ele e Gwen. Pela janela do carro, quando as levava para uma estranha viagem de carro e ela se recusava a sair, dizendo que estava enjoada. Não que ele percebesse. Estava sempre trabalhando, falando no telefone, entediado por estar com elas e aflito para sair e combater o crime.

Quando a viu, parou completamente. Olhou para ela de seu jeito rottweiler, com aqueles intensos olhos castanhos que grudavam nas pessoas, mesmo quando estava apenas dizendo algo normal.

— Graveto. Colocamos metade da força à sua procura. Não é engraçado — ele gritou.

Ele a chamava de Graveto porque ela sempre fora magra. Ela estava convencida de que ele não fazia por crueldade, zombando por ela não ser o filho robusto que ele gostaria de ter, ou bela como Gwen.

— Você deveria estar com Bob.

— Preciso falar com você, pai.

Ele destravou o carro, abriu a porta e a empurrou para dentro. Cheirava a couro e pós-barba. Também cheirava a novo. Talvez se não comprasse carros novos e desse o dinheiro para as viagens escolares ou presentes de Natal, não tiraria o sorriso do rosto de Jackie, fazendo-a desaparecer no jardim com o telefone para lhe passar um sermão sobre o quanto custa criar duas filhas.

Ele sentou-se ao lado dela e ligou o carro. Nunca fazia nada gentil ou tranquilamente, e isso a deixava nervosa.

— Pinha! Esse fedor está vindo de você? — ele perguntou, farejando e estremecendo.

— Sim — ela disse e uma imagem daquelas árvores sombrias passou pela sua mente.

— Odeio esse cheiro! — Ele bateu com o punho no painel. — Mas deixa pra lá. Preciso saber exatamente o que aconteceu ontem à noite. — Virou-se para ela. — Alguns garotos disseram que você viu alguma coisa.

Ela respirou fundo.

— Pai. — Ela olhou nos olhos dele pela primeira vez na vida. — Eu sei o que você é.

Ele a encarou.

— É claro que sabe — disse, franzindo a testa. — Um detetive. E agora vou descobrir quem fez isso e fazê-lo pagar. — Ele esmurrou o volante dessa vez. — Desembucha, Graveto, o que você viu?

Ela tentou novamente.

— Quero dizer, sei quem você é de verdade, pai. Sei sobre os Elfos, os Observadores. Você.

Ele franziu mais ainda.

— O quê?

O olhar no rosto do pai não era promissor, mas ela continuou.

— Evan e seu irmão se focaram em mim e em Gwen na escola, agora eu percebo isso. Costumávamos sentar juntos no almoço.

Church olhava como uma coruja.

— E você sabe o que Evan fez? — Mesmo agora, tudo o que queria era falar sobre o garoto. — Ele fez as luzes se apagarem quando entrei na alameda. E...

— Espere! — Church bateu com a mão no painel. — E você está dizendo que sabe que dois garotos fizeram isso, mas não contou...

— Garotos não, pai. Elfos. Sei sobre eles. Posso vê-los do mesmo jeito que você.

Ela parou. Seu pai havia começado a esfregar a orelha direita. Fazia isso quando estava zangado. Quando era pequena, sempre que o via esfregar a orelha, ela se escondia.

— Isso é uma brincadeira? — ele perguntou.

Um frio começou a correr em sua barriga.

— Não.

Church esfregou mais a orelha. Então balançou a cabeça lentamente.

— Pare. Agora. Isso não é engraçado.

O frio se espalhou por seu rosto, sentiu que estava ficando pálida.

— É verdade, você sabe. Eles são Elfos de verdade, como nas histórias que a vovó conta. Evan me disse que você era um Observador — ela falou desesperadamente. — Ele falou: diga para Church...

Ela parou. Algo estava muito errado.

Pai e filha ficaram se olhando por muito tempo. Então Church suspirou e reclinou com o rosto entre as mãos. Nell conhecia aquele gesto. Ele estava tentando disfarçar o olhar irritado antes de encará-la. Ele estava tentando se controlar. Não conseguiu.

— Olhe — falou. — Pare de inventar coisas. Não tenho tempo. Sim, Gwen é uma irmã difícil. Sei que ela implica com você desde que nasceu, que ela a ofusca, mas precisamos...

— É a verdade — ela disse, mas lá no fundo sabia que não adiantava. Pegou o colar quebrado no bolso. — Havia um lobo. Ele arrancou isso de Gwen. Vovó fez para ela.

Nell olhou para o pequeno colar com suas pequenas luas, sóis e estrelas. Cada ano um pequeno colar de ferro de Dru Church. Ela gelou.

Afundou no assento de couro e ficou olhando para a frente.

Ferro.

Avó.

Colocou a mão na maçaneta.

— Desculpe. Você está certo. Estou inventando. Vou embora.

Ele segurou a maçaneta e fechou a porta. Seus olhos a encararam novamente. Parecia enojado.

— Isso não é engraçado, Graveto.

Ela segurou a cabeça como se estivesse com vergonha.

— Eu estava precisando de atenção, só isso. Fingindo que sabia algo incrível. Me ignore.

Ele virou a chave e o painel acendeu como o de um avião.

— Vou levá-la para a delegacia. Você espera lá.

Colocou o braço nas costas do assento e engatou a marcha a ré. Não, ela não tinha tempo para ir até lá. Precisava sair agora.

— Vou enjoar — gritou.

Ele enfiou o pé no freio.

— Não neste carro!

— Então me deixe sair. — Ela tentou abrir a porta, mas ele a tinha travado no painel central. — Agora. Estou tendo um ataque de pânico. Não consigo respirar.

— Não posso deixar você sair. Preciso levá-la para algum lugar seguro — ele xingou. — Você é confusa, Nell. Totalmente inútil.

Sou, ela gritou, mas silenciosamente, na forma como mantinha a maior parte das conversas com ele. *Você não me conhece, pai. Nem um pouco.*

— Me leve para a casa da vovó — pediu. — Ela pode cuidar de mim.

— Oh, céus, eu preciso disso? — O volante ganhou mais uma pancada. Ele não se dava com a mãe, brigavam muito. Os Churchs eram estranhos. Finalmente ele suspirou e disse: — Ok. Para a casa da sua avó.

Ela manteve a cabeça baixa. Então, não tão inútil, afinal.

Quando Church deu a sua volta super-rápida para a estrada e então acelerou, ela olhou para cima e viu um grupo de garotas andando em sua direção. Era a turma de Gwen, com Bria e Paige um pouco atrás, descendo a estrada, com os olhos sonolentos como bichinhos, mas os cabelos longos perfeitamente esvoaçando na brisa fria.

Vinham reverenciar o pequeno altar que haviam preparado na entrada do bosque. Quando a viram no carro, os olhos de Bria e de Paige se estreitaram, até que viram Church sentado ao seu lado, e murmuraram palavras gentis e olhares trágicos.

Era incrível as duas não explodirem em chamas, sendo tão duas-caras.

Onze

A Casa Vermelha chorava suavemente no ar úmido da manhã. Agora Nell sabia por que era feita de ferro. Havia anos mantinha os Observadores em segurança, e também a sua avó.

— É um blefe.

— Não é, vó. É sério. Evan me disse.

Ela sempre gostara da casa, com seus enormes corredores e pisos irregulares. Gostava de ficar sentada na biblioteca empoeirada fuçando livros antigos, enquanto alguns estudantes de folclore pesquisavam nas prateleiras, ou se debruçavam sobre velhos discos.

Hoje estava na cozinha. Parecia a mesma e cheirava a maçãs e fumaça de lenha como sempre, mas não era a mesma. Havia uma tensão no ar, e o murmúrio de vozes vindas de outra sala. Normalmente ela estaria sentada na grande mesa de pinho, comendo biscoitos, mas hoje não. Hoje Nell estava em um lado da cozinha e Druscilla Church no outro, com a carta apertada em suas mãos.

Pensara que tudo o que devia fazer era contar à avó, e então os campos seriam abertos imediatamente. Mas as coisas estavam dando errado. Muito errado.

— Nell, eles mentem para os humanos o tempo todo. É o que fazem. É uma questão de honra para eles. — Dru tentou sorrir, mas não funcionou. Ela não era o tipo de avó fofinha. Ela dirigia uma moto. Levava-as para festivais e convenções de motociclistas. Não lia histórias de menininhas para elas, lia contos de fada sangrentos, originais, em que o lobo comia a Chapeuzinho Vermelho e a única forma de parar a garota dos sapatinhos vermelhos era cortando-lhe os pés.

— Você vai ver — ela disse. — Fen vai recuar. Ele conhece as consequências se continuar com isso.

— Não desta vez — falou Nell desesperada — Conheço Evan. Ele não mentiria para mim. Era meu amigo.

Dru amassou a carta e a jogou no chão.

— Eu não acho. Os Elfos não fazem amizade conosco, jamais. Eles roubam nossas meninas, mas fazer amizade... não.

— Então todas aquelas histórias que você nos contou, sobre garotas sendo levadas pelas fadas, aquelas que desapareceram e nunca voltaram...

— Sim, é tudo verdade. Era a maldição do Elfo-Rei. Agora são sequestradas por Fen.

Um pouco do choque esfriara, mas Nell ainda sentia como se estivesse vivendo um sonho.

— Não acredito que você é uma Observadora — disse secamente. — Eu e Gwen a chamávamos de Vó Motoqueira, você era boa, nunca suspeitamos. Eu achava que você sabia tantas histórias de fada porque era a chefe da Sociedade de Folclore. Agora eu vejo de onde o papai tirou suas habilidades policiais de disfarce.

Dru começou a andar, suas botas batendo nos ladrilhos do chão vermelho.

— A noite passada eu senti que algo ia acontecer — ela murmurou. — Devia ter feito mais. Devia ter ido conferir...

— Então faça o certo agora — disse Nell, andando atrás dela. — Você precisa! Abra os campos e eles a devolverão. — Dru não falou nada. — Está me ouvindo, vó? Apenas dê o que eles querem.

Dru se virou.

— Não. Não podemos ceder às exigências deles. — Ela segurou os ombros de Nell. Sua voz era calma e séria, mas havia um tom de tristeza. — Dói meu coração, mas precisamos pensar no bem maior — ela disse. — Não podemos abrir uma exceção para Gwen.

Nell sentiu seus joelhos começarem a tremer.

— Mas ela é sua neta!

— Eu sou a Presidente dos Observadores neste país. Como seria se eu quebrasse as regras?

As duas ouviram a porta da frente ser aberta e passos pela sala. Vozes conversavam baixinho, e um rosto apareceu na porta da cozinha. Era um homem que Nell já vira antes sentado normalmente na biblioteca.

— Novidades? — ele começou. Atrás dele, mais dois rostos apareceram.

Dru fez sinal para ele sair.

— Vão para a biblioteca. Já vou para lá.

O homem desapareceu.

— Ele é um Observador? — perguntou Nell. — E todos os outros que eu vi aqui?

Dru voltou a andar.

— Sim. Convoquei uma reunião de emergência. Vamos para a névoa. Vamos negociar.

Nell quase gritou.

— Falar... Só isso? Você não se importa com Gwen?

A avó retorcia as mãos, mas sua expressão era dura como o mármore.

— Quando se vive uma vida secreta como esta, aprende-se a não pensar em seus próprios sentimentos.

— Porque você nunca precisou perder uma irmã! — Nell rosnou.

Dru parou e olhou para ela.

— Você não sabe o que eu perdi — falou secamente. — Cada Observador fez escolhas difíceis.

Nell conteve as lágrimas.

— Do que você abriu mão, hein?

Um espasmo de dor passou pelo rosto de Dru.

— Uma vida com o meu filho, Tom. Eu nunca estava presente. Estava sempre em algum lugar, perseguindo Elfos. Ou em alguma reunião com um primeiro-ministro ou presidente para tranquilizá-los. E agora olhe como Tom é um pai confuso para você e Gwen!

Nell pensou que sua cabeça ia explodir. Isso era ridículo.

— Bem, ele não vai mais precisar se preocupar com Gwen, se você NÃO ABRIR OS CAMPOS! — ela gritou.

Quando as palavras pararam de ecoar pela cozinha, Dru pressionou as mãos na face dela por um momento, suspirou e disse:

— Ok, é melhor você vir comigo. Acho que você merece conhecer a história toda... pelo menos por enquanto. — E a levou pelo corredor.

Nell nunca havia entrado no escritório da avó. Ela e Gwen tentaram espiar algumas vezes, mas a porta sempre estava trancada e as cortinas baixadas. Dru dizia que escrevia seus livros de folclore ali e não queria que seu trabalho fosse perturbado.

Ela agora o via de forma diferente. Era como a sala de interrogatório numa investigação policial.

Havia diversas fotos presas na parede. Nell se dirigiu a elas. Rostos de Elfos a olhavam, cabelos brancos e olhos negros, todos com a sua idade, ou mais novos. Haviam sido flagrados pela câmera na rua, no bosque, saindo de lojas, como se fossem identificações de criminosos.

— Esses são membros da grande família Rivers — disse Dru. — De uns cem familiares, agora apenas os mais jovens estão livres. E eu sou responsável pelo que fazem, porque usam a névoa no meu bosque.

— Existe mais de uma névoa?

— Eram milhares. Agora sobraram dez no mundo. Dez portais espalhados pelos países frios do Norte, cada um levando até à terra dos Elfos. E dez grandes famílias de Elfos. Cada grande família tende a se firmar em seu país predileto.

Nell andou pelas filas de fotos. Haviam sido tiradas com lentes teleobjetivas, enquanto os Elfos estavam fugindo, ou se virando para rir triunfantemente e zombar enquanto escapavam para o bosque. Ela correu o dedo por elas. Lá estava a garota que havia seguido Nell e Evan com suas longas tranças voando como um arco enquanto corria da câmera. Então a foto de um garoto com longos cabelos brancos segurando um arco e flecha e mirando para a câmera. Na última da fila estava o garotinho que encontrara sentado na frente de Evan na *scooter*, perto da escola. Ele estava sendo puxado por duas garotas maiores com cabelos brancos longos esvoaçados, enquanto fugiam do fotógrafo curioso. Uma imagem parecia a foto de apenas uma árvore, mesmo assim ela olhou mais de perto e viu uma garota quase mesclada ao tronco, olhando para a câmera como um cervo assustado.

— Nunca conseguimos capturá-los — falou Dru. — Os mais jovens têm essa artimanha: flutuação, como a chamam. Se mexem como o vento.

Nell não respondeu. Estava olhando fixo para uma foto de Evan, um olhar selvagem e destemido no rosto enquanto se virava para gritar com o fotógrafo. Ela apontou.

— Sentamos juntos na escola.

Dru colocou a mão de um jeito solidário no ombro dela.

— Ele estava observando você e Gwen. Analisando seus movimentos, e quando poderia pegar vocês.

— Nós não precisávamos falar. Eu não precisava pensar nas coisas para dizer. Era confortável. Pensei que tinha feito um amigo.

Dru apertou um pouco a mão.

— É o que são: selvagens, charmosos e divertidos. Algumas vezes acho que preferiria passar a noite com os Elfos do que com qualquer um — ela sorriu ligeiramente. — Mas caso se sintam ofendidos, ou não gostem de você, logo mostrarão as garras. E, se acharem que foram traídos, irão eternamente buscar vingança.

Dru segurou o queixo de Nell e a fez desviar os olhos das fotos e olhar para ela.

— Os irmãos River são perigosos, amor. Mortalmente perigosos. Eles poderiam pegar este mundo e quebrá-lo em pedacinhos se quisessem. Eles poderiam tomá-lo completamente de nós.

Ela virou Nell para o outro lado e a fez olhar para outro grupo de fotos. Eram de circuitos fechados de TV e câmeras de segurança. Os locais estavam assinalados nelas: Energia Brownhills, North Yorks Generating Plant, subestação EMEB. Nell achou que aquilo significava que tinham sido tiradas de dentro das estações de energia.

— Entre outras coisas, estão tentando arruinar este país. Ragnarok: o caos final. É o que Fen ameaçou se não tiver seus pais de volta.

O dedo de Dru apontou para uma foto borrada.

— É ele. Este é Fen. Fenrir, o Lobo, como o chamam. Ele é o mais velho, deve ter vinte anos. Ele se diz um combatente da liberdade. Mas os líderes mundiais o veem como um terrorista.

Era uma foto em preto e branco de uma câmera de segurança, mas um estranho brilho cercava seu corpo, como se ele pulsasse eletricidade. Sua cabeça se virara para a câmera e algo parecia estar errado com seus olhos. Um brilhava como o de um animal, o outro era um buraco negro. Havia a sombra de um sorriso de escárnio. Ele não parecia humano, parecia sinistro, como algo que se vê num *website* paranormal. Não ajudava o fato de ele estar meio dentro, meio fora da parede.

— Cuidado com os Elfos, pois eles são tanto substância quanto sombra — disse Dru com sua voz encantada de contação de história. — E eles atravessam paredes como fantasmas na noite.

Nell estremeceu.

— Como?

Dru encolheu os ombros.

— Não são humanos, é tudo o que posso dizer. Fen pode atravessar qualquer barreira de segurança. E, de alguma forma, ele consegue brincar com as redes de energia: pode fechar circuitos e redirecionar a energia.

É como ele escreve seu nome com luz pelas nossas vilas e cidades. — Ela franziu a testa para a foto. — Os Elfos sempre podem encontrar novas formas de causar danos aos humanos. Mas desta vez acho que brincar com eletricidade fritou o cérebro de Fen.

Havia mais fotos dele, mas tinham sido tiradas em boates. Em todas o mesmo brilho, com alguns zigue-zagues dentro, e o único olho brilhante.

— Ele diz que odeia todos os humanos, mas isso não o impede de ir atrás de garotas humanas — Dru continuou com uma voz enojada. — Ele as pega em boates. As garotas se apaixonam por ele. Na manhã seguinte, ele as descarta. Elas nem sequer se lembram de tê-lo conhecido.

Ela apontou para outra imagem, uma foto externa tirada por uma câmera de circuito fechado. Essa era de Evan escalando facilmente a lateral de um enorme poste.

— E agora ele está passando suas novas habilidades com eletricidade para o irmão mais novo. Evan parece estar fazendo a maior parte das sabotagens atualmente.

Nell se lembrou de como Evan ficou após o ataque de Rikstall, como se ajoelhara com dor cuidando de sua mão queimada. Parecia tão indefeso que ela queria abraçá-lo e confortá-lo. Não parecia um terrorista ou um combatente da liberdade.

Dru olhava fixo para as fotos.

— Cinco anos atrás eles começaram a vir para o nosso mundo e ficar. Diziam que aqui era o lar deles agora! Não sabemos por quê. Eles não nos falaram, mas não podemos permitir.

— Então os mande de volta para a terra deles — disse Nell desesperadamente. — Tire-os dos campos de ferro.

Dru balançou a cabeça lentamente.

— Sempre conseguimos mandá-los pela névoa, mas não podemos impedir que continuem voltando. Foi por isso que formamos os Observadores. Durante séculos, tudo o que pudemos fazer foi vigiá-los e mandá-los de volta quando tentavam nos roubar ou nos fazer de tolos. — Ela sorriu tristemente. — Lembro quando me tornei uma Observadora, costumava vê-los em shows e festivais, ou jantando em nossos restaurantes. Mas viver aqui permanentemente é diferente. Isso não pode acontecer. Imagine como as pessoas ficariam assustadas. Imagine a guerra que poderia estourar!

Nell queria argumentar e dizer que havia espaço para todos, mas ficou pensando, oh céus, o vigário nos olha como se fôssemos de outro planeta quando sentamos no muro da igreja à noite. E metade das pessoas idosas do edifício Rowan tem medo dos jamaicanos que se mudaram para lá. Então, qual a chance de confiarem nos Elfos?

Dru pegou as mãos de Nell e as segurou bem forte.

— Então, até que encontremos uma forma de mandá-los de volta, bloquear os portais permanentemente e encerrar de vez o problema, precisamos continuar a mantê-los controlados.

Nell se soltou.

— Mas campos de ferro, vovó!

Dru enrugou a testa.

— Você acha que somos maus, mas não sabe o que os líderes do mundo queriam! Havia ordens de reunir todos os Elfos encontrados em nosso mundo e nos livrarmos deles. De vez. Genocídio, Nell. Sabe o que isso significa?

— Queriam matar todos eles?

— Sim. Exterminar uma espécie inteira. Quando descobrimos isso, precisamos pensar rapidamente. Os campos de ferro são a única forma de mantê-los em segurança por enquanto. — Ela indicou seu passaporte e uma passagem na mesa. — Acabei de voltar de um desses campos. Não é o ideal. Mas terá que ser até que consigamos trancar de vez os portais na névoa.

— Agora entendi — respondeu Nell. — Mas nada disso é culpa de Gwen. E é ela quem está sendo punida.

— Eu sei. — Por um instante a expressão de Dru mudou e ela pareceu mais velha e triste. Então respirou fundo e esticou novamente os ombros. — Você precisa entender, Observadores são como a polícia. Fazemos um juramento de não ceder a sequestros, subornos ou ameaças. Se mudarmos as regras, eles continuarão a fazer reféns eternamente. Ninguém estaria seguro.

— Então Gwen desaparece para salvar todos os outros! — comentou Nell secamente. — Não me importo com os outros. Só me importo com ela.

Dru apenas olhou para a neta.

— Lamento. — Um telefone tocou em algum lugar e foi atendido. E uma voz chamou por Dru. — Espere, eu volto.

Nell sentou-se na escrivaninha e ficou olhando para nada.

Então é isso, ela pensou. Sou apenas eu.

De alguma forma ela precisava descobrir um jeito de trazer Gwen de volta.

O grande ponteiro do relógio da parede fez barulho ao se mexer para a frente. Onze e quinze. O tempo estava voando. Mas uma ideia começava a tomar forma em sua mente, enroscando-se como um bicho-da-seda. Era idiota, na verdade, quase impossível, mas era a única que tivera.

Primeiro precisava sair dali.

Quando a avó voltou, ela disse, tão naturalmente quando pôde:

— Evan falou que tínhamos até o pôr do sol. Que horas são, por favor?

Dru suspirou, mas foi até uma das mesas, como Nell sabia que faria, e pegou o velho relógio de prata do nascer da lua, que ela e Gwen tanto amavam quando crianças. Em vez de mostrar as horas como um relógio normal, ele tinha um pequeno movimento de sol e lua. O sol seguia da esquerda para a direita e finalmente desaparecia atrás de uma nuvem noturna, então a lua aparecia do outro lado e começava seu próprio caminho através do céu estrelado. Ele mostrava o nascer da lua e do sol durante cem anos, dizia a avó, e era muito valioso.

— O sol se põe às cinco da tarde — falou ao olhar o relógio.

Nell pegou o relógio de prata da mão dela e ficou olhando para o movimento lento do pequeno sol. A cada *tic* do mecanismo o sol andava um pouquinho, aproximando-se da nuvem que o cobriria. Apenas um pouco mais de cinco horas: era todo o tempo que tinha.

Ela escorregou o relógio para dentro do bolso. Por sorte Dru não percebeu porque estava mexendo na gaveta atrás de alguma outra coisa. Nell a ouviu murmurar:

— Sempre me perguntei se você ou Gwen herdariam a imunidade ao encanto dos Elfos.

— Agora você sabe — ela disse. — Eu herdei. Gwen não.

Dru se virou com uma pequena caixa preta nas

mãos. Nell deu um passo para trás. Não gostara da expressão no rosto da avó. Lembrou-se de quando ela costumava insistir que tomassem uma colherada de melaço cada vez que a visitavam: aparentemente para deixá-las saudáveis.

— Sim. Você não teve sorte — murmurou Dru. — Ninguém gosta de imaginar que seus filhos ou netos precisem saber as coisas que sabemos.

— O que é isso? — perguntou Nell, apontando a caixa.

Dru não respondeu. Colocou a caixa na mesa e a abriu.

— Vocês são preciosas demais para mim. Não posso perder as duas.

Parecia o tipo de *kit* usado para furar as orelhas dela e de Gwen. Tinha a mesma pistolinha azul, mas no lugar de uma fila de brincos e roscas havia pequenas peças de metal com formas estranhas, como símbolos matemáticos de infinito.

— O que vai fazer? — ela quis saber.

Dru tentou sorrir.

— Algo que fará você se sentir melhor. Não dói. É apenas uma picadinha.

Ela estava colocando um dos símbolos de infinito na pistolinha azul.

— Que tipo de coisa? — perguntou Nell com o coração aos pulos.

— É um tratamento para aqueles que foram expostos aos Elfos. — Ela se aproximou e tirou uma longa mecha de cabelo do rosto de Nell. — Coloca um pequeno implante permanente sob a pele de sua orelha direita. Faz com que você não lembre mais deles.

— Então eu não irei mais lembrar de ter conhecido Evan?

— Será como um sonho, e então desaparecerá. — Dru afastou o cabelo da orelha direita de Nell. — Pobre Nell. Sempre nervosa e ainda assim herdou a imunidade. Queria que não tivesse sido você. — Ela segurou firme o ombro de Nell.

— Deixa para lá, vó! Preciso ir. Papai disse que eu preciso encontrá-lo...

— Não, ele não disse — falou Dru, segurando mais firme. — Você precisa ficar aqui. Precisa deixar isso comigo e com os outros Observadores. Nós vamos até lá e encontraremos com Evan. Obrigaremos Fen a desistir de Gwen. Tenho certeza.

Mas Nell percebeu que a mão de Dru tremia um pouco. Ela não estava tão confiante quanto tentava parecer.

Era hora de usar um dos artifícios de Gwen. Jamais poderia chorar de forma tão bela quanto a irmã, que fungava delicadamente e fazia com que seus olhos brilhassem como diamantes, de modo que todos queriam abraçá-la. Não, quando chorava, as lágrimas desciam por suas bochechas e seu rosto ficava manchado. E seu nariz escorria. Mas não havia tempo para se preocupar com coisas desse tipo. Ela explodiu em lágrimas convulsivas e barulhentas.

— Nell, por favor, pare — falou Dru, segurando o braço dela. — Chorar não trará Gwen de volta, querida.

Mas Nell não terminara. Se lágrimas não incomodavam Dru, então sabia o que incomodaria. Forçou-se a vomitar.

— Por favor me ajude! Acho que vou vomitar — ela gritou.

Aquilo fez Dru se afastar. Não era o tipo de avó que limpa vômito.

— Corra para o banheiro. Jogue água no rosto. Depois volte direto aqui.

Nell saiu cambaleando com a mão na boca e pensando *Estou ficando boa nisso.*

Lá em cima, inclinou-se com as mãos na pia e se olhou no grande espelho. Seu rosto estava pálido e sujo de lama. Seu cabelo era uma grande confusão enfeitada com gravetos e folhas. Seu casaco de pele estava imundo e os punhos, úmidos.

Vovó está certa. Sou Nell, a preocupada, pensou. E quero desesperadamente fazer o que faço quando Gwen grita ou arma uma confusão por causa de alguma coisa, ou quando mamãe e papai estão tendo uma de suas brigas no jardim. Quero fugir deste mundo e mergulhar nos meus sonhos, me transformar em Hélène, colocar tudo de lado e entrar numa vida sem problemas.

Ela fez uma cara triste para o espelho, então ajeitou os ombros.

Bem, pensou, não preciso ficar à margem desta vez. Não há mais ninguém para salvar Gwen. A responsabilidade é minha.

Ela enfiou a mão no bolso e tirou o pequeno colar quebrado. Tinha o cheiro do perfume de sua irmã: a irmã boba e mandona cuja única ambição era casar com um jogador de futebol. Então pegou o relógio de lua. Olhou fixo para ele, tentando ajustar o plano em sua mente.

Não é um plano muito bom, pensou, mas é tudo o que tenho.

Isso significava que teria de fazer algo que a assustava até a morte. Ela teria de entrar na floresta dos Elfos, entre as silvas que rasgavam seus cabelos e roupas, e galhos que pareciam alcançá-la com mãos de gravetos. E os lobos.

Poderia ela fazer isso, arriscar perder seu mundo, sua mãe, sua casa, sua vida e ser banida para sempre para um lugar que não devia existir? Poderia ela se transformar em outra coisa, algo além do desejo de ser Hélène?

Sim. Mas primeiro precisava sair dali.

Tirou o casaco de pele e o deixou no chão. Lá fora, pendurada sobre o corrimão, estava a jaqueta de couro de motoqueiro que a avó mantinha para ela, para que andassem na Harley. Gwen não chegava perto da motocicleta, dizendo que iria embaraçar seus cabelos e estragar suas roupas, mas Nell adorava subir na garupa e sentir o vento passando rapidamente e o chão deslizando tão perto de seus pés. Vestiu a jaqueta e colocou o colar num bolso e o relógio de lua no outro. Olhou-se no espelho. Parecia ainda mais magra, mas aquilo havia transformado sua silhueta, esse era o objetivo. Tinha lido em algum lugar que pequenas presas têm a silhueta de um gavião impressa na mente, então, se virem uma sombra com esse formato, elas ficam alerta. Dru e os outros Observadores tinham, na mente, a imagem dela num casaco de peles. Talvez não notassem alguém que parecesse um garoto motociclista.

Isso lhe deu outra ideia. Perto da pia havia um pote com escova, pente e tesoura. Ela respirou fundo e começou a trabalhar.

Após alguns minutos, desceu silenciosamente. A sala estava vazia. Podia ouvir a voz de Dru vindo da biblioteca. A avó obviamente achava que ela era patética demais para fazer algo impulsivo como fugir.

Cuidadosamente abriu a porta e parou.

O caminho de cascalho que levava até a Casa Vermelha estava cheio de carros, e mais um começava a estacionar. O motorista baixou o vidro e gritou para outro casal que já estacionara e se dirigia para a casa.

— Recebi o alerta. É sério, não é? — um gritou.

— Tão sério quanto parece. Fen fez aquilo desta vez.

Enquanto eles iam em direção à porta da frente, ela rapidamente se escondeu atrás de um roupeiro repleto de velhos casacos. Os Observadores empurraram a porta aberta e passaram direto por ela, gritando por Dru.

Assim que o último sumiu dentro da casa, Nell saiu de fininho pela porta da frente e correu até a estrada. Fora do alcance de visão da casa, ela hesitou.

A Casa Vermelha ficava de um lado do extenso bosque de Woodbridge. Sua casa e a névoa ficavam do outro lado. Se cortasse caminho pelo bosque seria mais rápido, pelo menos uma milha, mas ela poderia se perder. Não poderia correr o risco. Teria que pegar a estrada e correr por fora, mesmo o trajeto sendo três vezes mais longo.

Ela foi. Fizera *cross country* na escola, seu corpo magro era perfeito para isso, mas era uma corrida longa e ela não era tão paciente. Cada vez que um carro passava, tinha que se esconder atrás de arbustos ou de veículos estacionados, perdendo tempo valioso. A estrada parecia interminável, e, depois da primeira milha, ela ficou sem fôlego. E também sem otimismo. Todo o horror do que estava planejando começou a remoer em sua mente. Era impossível, era idiota! Ela correu, esperando conseguir mais fôlego e passar a pontada na lateral do corpo, mas não aconteceu. Ficou pior.

Não podia diminuir o passo. Precisava encontrar Evan antes que descobrissem que ela se fora e a seguissem.

Finalmente, segurando o lado e fazendo careta, ela desviou na Woodbridge Road, passando pela loja de esquina que os alunos do ensino médio usavam, e pelo muro baixo onde sentavam para comer seus doces. Lágrimas encheram seus olhos. Sempre no almoço Gwen sentava naquele muro com seus amigos, falando, rindo e fazendo bolas com chicletes. Ela diminuiu o passo, entrou e comprou uma garrafa de água e alguns chicletes de maçã verde. Engoliu metade da água e jogou o resto no rosto. Então, ainda correndo, pegou um pedaço de chiclete e começou a mascar. O cheiro entrou pelo nariz e foi até o cérebro. Era o cheiro de Gwen. Era o que precisava: a imagem de Gwen em sua mente, lembrando que ela tinha de fazer isso, remediando ou não, com ou sem esperanças.

Ainda mascando, ela passou correndo pela escola. Estava fechada no fim de semana, mas havia uma van da rede de TV BBC em frente e uma mulher com um microfone falando com o diretor. Avistou a igreja e começou a diminuir o passo até estar apenas andando, para não atrair muita atenção. Ela mal conseguia ousar olhar para o relógio do campanário.

Cinco minutos para as doze. Ela podia conseguir.

Na entrada do beco que levava ao bosque, um policial andava de um lado para o outro, soprando as mãos. Fitas de isolamento voavam. O céu parecia baixo acima da cabeça e um vento perversamente frio estava arrastando as coisas e fazendo com que uma lata de refrigerante corresse pelo chão. Acima, um helicóptero sobrevoava as árvores. A alguns poucos metros, o estacionamento da igreja estava cheio de carros de polícia e vans. Todos fechados, exceto a van branca dos peritos estacionada ao fundo com as portas abertas. A equipe havia guardado todo o material e estava pronta para voltar ao laboratório. Tinham completado a busca de digitais no bosque. Não teriam encontrado nada, Nell sabia. Por que analisar um cabelo ou uma digital? Os Elfos não estariam nos arquivos. Seus equipamentos fechados nas caixas esperavam para ser colocados no carro, mas aquilo lhe dera uma luz. Era algo que talvez fizesse sua ideia maluca ser um pouco menos perigosa.

Antes, entretanto, ela teria de passar pela turma de Gwen.

Doze

— Oh, céus! — disse Paige. — O que você fez com o seu cabelo?

Estavam todos lá, Becca, Fliss e o resto deles, com Paige e Bria no entorno, como sempre.

Estavam sentados no muro da igreja, perto de um pequeno santuário que haviam feito e decorado com velas e flores. Mas eles desceram e a cercaram quando tentou passar. Todas usavam roupas de sábado de acordo com o evangelho de Gwen e os cabelos presos em rabos de cavalo. Para ser amiga de Gwen era preciso obedecer a regras que ela inventava e adicionava o tempo todo.

Certas cores deviam ser usadas em determinados dias. Sem desculpas ou ficaria na geladeira o dia todo.

Nada de calças, exceto aos sábados. Quem quebrasse as regras sentaria sozinha no almoço.

Ninguém poderia usar rabo de cavalo durante a semana. Cachos, tranças e fitas de cabelo eram permitidos.

Quem não obedecesse era excluído de vez, e, mesmo com Gwen desaparecida, elas ainda seguiam as regras. Agora estavam todas ao redor de Nell, como tubarões cheirando sangue, olhando-a de um jeito estranho e bloqueando sua passagem.

— Você cortou seu cabelo! — disse Bria. — Não fica bem em você. Mostra seu rosto demais.

Nell se manteve calada, olhando de um semblante para o outro. Nenhum era amigável.

— Isso é por Gwen? Para mostrar que se importa? — perguntou Becca. — Ela sempre riu de seu cabelo.

— Está tão repicado — disse Paige desdenhosamente. — Você cortou com uma tesoura cega?

— Não, fui ao Candy Heads — respondeu Nell, indicando o salão mais caro da cidade. — O cabeleireiro mais famoso de lá fez isso. Custou uma fortuna.

Paige olhou novamente.

— Sim, bem, é um bom corte, mas seu rosto o arruína.

Por um instante Nell sentiu vergonha por elas. Tão superficiais. Por que se importara por terem brigado com ela?

— É? Não me importo com o que você acha.

Elas pareceram chocadas com essa terrível confissão. Nell queria esmurrá-las por serem tão idiotas, mas Paige entrou para atacar.

— É verdade... que você viu alguém, mas deixou Gwen sozinha? — perguntou com o olhar horrorizado.

— Sim, mas...

— Por quê? — gritou Paige. — Eu não teria deixado meu pior inimigo.

— Foi por alguns segundos...

Os olhos azul-claros de Becca se espremeram.

— Qual o seu problema, Nell? Você a odeia ou algo assim?

— Não.

Ela tentou seguir, mas o círculo apertou. Nell passou os olhos por elas.

— Ciúme força as pessoas a fazerem coisas terríveis — disse Paige.

— Quem disse que tenho ciúmes de Gwen?

Paige ficou enrolando uma mecha de cabelo no dedo e olhou maliciosamente para Nell.

— Todo mundo.

— Não, não dizem.

Paige ergueu a sobrancelha, igualzinho a Gwen. Definitivamente ela vinha estudando sua heroína.

— Você acredita. Agarre-se a essa ideia.

— Nós criamos uma página no Facebook — disse Bria. — O que você fez?

Becca se colocou no caminho.

— Sim, e o que são essas roupas? Você acha que é uma garota Ninja ou algo assim?

— Sim.

Um silêncio reinou por um momento. Lábios começaram a se desfazer em sorrisos. Aqueles olhares maldosos se espalharam pelo círculo como algum tipo de código, mas ela não se importava mais. E se falassem pelas suas costas... ela não estaria lá para ouvir. Suas vozes estúpidas e maldosas se calaram pela primeira vez em meses...

— Posso ir? — perguntou. — Ou vocês querem algo pior do que uma pancada?

— Piranha — Becca falou e se esticou para puxar o cabelo de Nell. Era assim que Becca sempre brigava, puxando cabelo e cravando unhas.

Nell deu um pulo para trás. Seu pé subiu e o Ataque Celestial foi executado. Não forte, mas o suficiente para derrubar Becca no chão.

— Lamento. Não posso parar — disse passando por cima dela. — Estou ocupada.

Puxando as mangas da jaqueta sobre as mãos para mantê-las aquecidas, Nell seguiu seu caminho por entre os veículos da polícia até a van da perícia. Conferindo se não havia ninguém por perto, abriu uma das caixas e pegou a lanterna azul que fora usada para procurar sangue de Gwen. Colocou-a no bolso.

Quando se levantou, viu seu reflexo na janela da van. O dia estava embaçado e cinzento o suficiente para fazer com que funcionasse como um espelho negro. Mostrou seu rosto com o muro de pedra da igreja por trás. Apenas os traços mais escuros sobressaíam... seus olhos, sua boca tensa e o cabelo mal cortado. Enquanto se olhava, o relógio da igreja começou a bater meio-dia.

Algo piscou no vidro atrás dela e, de repente, Evan estava lá.

— Agora está roubando, além de invadir o mundo dos outros?

Ela se virou. Ele passou pelo muro da igreja como se fosse uma cortina. Colocou a cabeça de um lado e olhou para ela.

— Você cortou os cabelos. Enfim posso vê-la claramente.

Ele tentava ser natural, mas suas mãos remexiam alguns anéis de prata em seus dedos finos. Usava roupas folgadas das mesmas cores das árvores de outono próximas. Poderia se misturar a elas e ficar invisível em segundos, exceto por aquele cabelo brilhante.

— Church a mandou com boas notícias? — perguntou.

— Ela diz que vocês estão tentando destruir nosso mundo.

— Sabotagem. Até conseguirmos que os campos sejam abertos.

— Mas o corte de energia assusta as pessoas. Causa acidentes.

Seu rosto fez uma de suas rápidas transformações. Enfiou as mãos nos bolsos e a encarou com olhos magoados.

— Como você se sentiria se alguém viesse e levasse os seus pais, sem nem saber onde estão sendo mantidos, sem poder pedir ajuda a ninguém? Então você se tornaria uma combatente da liberdade, não é?

Ela sentiu sua raiva subir.

— Fen só está piorando as coisas, não melhorando. E está arrastando você nisso. Os Observadores têm fotos suas.

Evan estendeu os braços, impotente.

— Não pode ficar pior para nós. Ele está provocando Ragnarok, Nell. Me treinou, e agora preciso ajudá-lo a provocar o caos. Eu vou por aí e jogo chaves nas subestações e corto cabos. Qualquer coisa para desorganizar o mundo humano. — Ele chutou a roda da van com irritação. — Eu odeio isso. Por favor, diga que está tudo acabado e que Church vai abrir os campos em troca de Gwen, aí vou poder esquecer a eletricidade.

Ela olhou diretamente nos olhos dele e se forçou a sorrir. Para que seu plano funcionasse, ele tinha que acreditar nas palavras dela.

— Ela está realmente furiosa, mas é claro que concordou. Gwen é neta dela — lhe doeu o coração falar aquilo daquele jeito, ainda mais quando estava tão longe de ser verdade.

Nada aconteceu por alguns segundos, então Evan soltou um longo suspiro de alívio que fez seus cabelos voarem.

— Eu sabia. Eu disse aos outros. — Ele colocou a mão no coração. — Juro que todos achamos que Fen tinha ido longe demais. Mas ele disse que os Observadores teriam que recuar. — Olhou em volta. — Ela vai nos encontrar aqui?

Era isso. Nell desejou que sua voz não vacilasse.

— Não. Ela tem muitas coisas a fazer. Mas insiste que eu vá buscar Gwen. Ela nos encontrará na névoa antes que escureça. Você terá a localização dos campos e poderá falar pelo celular com os Elfos libertados.

Pela primeira vez em anos seu sorriso torto apareceu.

— Você não precisa ir até o palácio — ele disse. — Posso buscá-la. Será mais rápido.

— Não. Ela insiste que eu devo ir. Para manter Gwen segura e não deixá-la entrar em pânico.

Seu sorriso se apagou e ele pareceu intrigado.

— Ela quer que você vá à nossa floresta? Arriscaria isso?

— É por Gwen — disse Nell, cruzando os dedos nas costas. — Ela a ama e faria qualquer coisa para mantê-la segura.

Ele deu de ombros, como se acreditasse em qualquer coisa vinda dos humanos.

— Certo, então. Se é o que você quer.

Nell não sabia se devia ficar aliviada ou furiosa por ele ter engolido a mentira. Talvez até mesmo ele achasse que Gwen era mais valiosa.

Mas ele olhou longamente para ela e disse:

— É muito corajoso da sua parte, Nell. Você viu nosso mundo. É perigoso para humanos. Se perca nele e ficará presa lá para sempre.

— Eu não sou corajosa. Estou apavorada. — Era verdade. Ela não conseguia parar de tremer, e não era de frio.

— Gwen faria o mesmo por você? — ele perguntou curiosamente.

— Não! — Era a vez dela de rir. — Ela iria promover uma vigília à luz de velas. Ela e suas amigas, todas arrumadinhas com roupas combinando.

Ele seguiu na direção da alameda.

— Então venha, se tiver coragem.

Mas, para o horror de Nell, ela ouviu o som da motocicleta descendo a Woodbridge Road e chegando cada vez mais perto. Era Druscilla: reconheceria aquele ronco em qualquer lugar. A avó estava em seu rastro.

— Espere — ela chamou. — Church disse que você pode se mover muito rápido.

Ele voltou.

— Ela está certa. Podemos nos mover mais rápido que o vento. Podemos fugir da madrugada, se for preciso.

— Pode me levar junto?

— Fácil.

O tom do motor da moto mudou quando ela desacelerou perto da igreja. Talvez Dru estivesse perguntando à turma de Gwen se tinham visto Nell.

Nell se aproximou de Evan.

— Quero ver.

Ele passou os braços ao redor dela.

— Segure firme — sussurrou.

E então ela não teve fôlego para dizer mais nada. O ar a acertou como um concreto.

Treze

Velocidade. Uma velocidade inacreditável. Ela se movia tão rapidamente que seus braços estavam presos ao corpo como uma camisa de força. Não conseguia mexer nem um dedo.

Então suas costas atingiram algo duro e todos os átomos de ar saíram de seu corpo com um *ooph*. O mundo parou. Nada, nada, nada e ela caiu de joelhos, finalmente, sugada em outra respiração. O alívio foi curto, entretanto, seu estômago estava embrulhado. Ela estava enjoada – dessa vez era verdade.

Foi horrível. Gwen dizia que nunca é necessário vomitar na frente de ninguém. Se alguém de sua turma ousasse, seria execrado na hora. Bem, não havia nada que Nell pudesse fazer. Caiu de joelhos e sentiu-se enjoada. Rezou por um milagre: que Evan se afastasse e não notasse. Mas não teve tanta sorte. A mão dele segurou seus cabelos recém-cortados.

— Lamento — ele disse num tom de desculpas. — Humanos se sentem assim da primeira vez.

— Sou eu que lamento — ela engasgou. — Montanhas-russas fazem o mesmo comigo. E viagens de carro. E o mar.

Ela esperou, agachada, pelo que pareceu uma hora até conseguir respirar direito novamente. Então se levantou.

— Aquilo não foi uma corrida, foi um voo supersônico.

Ele riu.

— Isso é flutuação. É assim que não podem nos pegar.

Ela olhou para ele. Era magro e extremamente atlético. Ela o vira pulando cercas na escola e dando cambalhotas com facilidade. Mas não parecia alguém que pudesse correr como o vento, levando consigo uma garota.

— Como isso funciona? É sobrenatural?

— Não vou contar para um humano! Os Observadores acham que sabem tudo sobre os nossos poderes. Mas não sabem. — Ele sorriu maliciosamente. — Temos muitas surpresas.

— Não é à toa que vocês assustam as pessoas — ela disse. — Se movendo rápido desse jeito, atravessando paredes e fazendo-as esquecer vocês...

Ele deu de ombros.

— É verdade. Mas somos como nossos irmãos e irmãs lobos. Podemos derrubar humanos facilmente... mas não fazemos.

— Bom!

Ela olhou em volta. A louca corrida os fizera passar pela polícia, pela mídia e os levara direto à névoa. Ela estava de pé na mesma clareira da noite passada, com a floresta proibida à sua frente. A música ainda tocava. Harmonias e melodias cadenciadas enchiam o ar. Pedaços de névoa estavam presos à sua roupa e rosto como tiras de papel molhado. As nuvens sombrias haviam se dissipado. Estava sob o céu azul dos Elfos, e, embora o sol fosse brilhante, apenas deixava os caminhos entre as árvores mais sombrios.

Em algum lugar no meio da escuridão estava Gwen.

— Para onde vamos? — perguntou apressadamente. — Por qual caminho?

— Espere. Calma. Vou buscar nosso guia — ele disse e começou a assoviar e a chamar por Faolan, que era uma sombra cinza, farejando do outro lado da clareira.

Enquanto a atenção dele se voltava para a loba, Nell pegou o relógio de lua de prata de seu bolso. O pequeno sol já percorrera metade do caminho e deslizava em direção à nuvem. Quatro horas até o pôr do sol, então Gwen estaria perdida para sempre. Aquela floresta seria seu único lar.

E não apenas Gwen... eu também, ela pensou sentindo um arrepio. Mas já estava feito; mentira para Evan e estava na névoa novamente. Só lhe restava seguir em frente.

— O que é isso? — ele perguntou.

Ela deu um pulo, pega de surpresa. Ele a observava de novo. Esticou a mão e tentou pegar o relógio.

Ela empurrou a mão dele e guardou o relógio no bolso.

— Nada.

Um uivo vibrou perto de suas pernas. Ela olhou para baixo e viu um par de olhos âmbar hostis. Não a tinha visto se mover, mas Faolan estava agora enrolada perto de Evan. Nell reconheceu o uivo e o olhar. Eles diziam: *ele é meu, afaste-se.*

Evan estava com a mão no denso colar de pelos ao redor do pescoço da loba, como se ela fosse um cachorro comum. Combinava com ele, pensou Nell, estar na floresta com uma loba a seus pés.

— Uma irmã bem selvagem você tem aí — ela disse.

— Sempre vivemos ao lado de lobos, desde que esta terra foi feita para nós. Podemos até falar com eles. — Ele pegou as orelhas de Faolan e emitiu sons suaves de lobos. O animal inclinou a cabeça e deu um grunhido de satisfação em resposta. — Sussurramos para os lobos. Quando percebemos que os humanos iriam sempre tentar nos destruir, escolhemos fazer de alguns lobos nossa família. Eles nunca nos decepcionam.

— Se você diz — respondeu Nell em dúvida.

Ela nunca fora ligada a cães. Preferia gatos, eles não demandavam atenção, sentavam e ficavam observando, como ela. Talvez estivesse irradiando nervosismo, porque Faolan a olhava como se fosse uma presa.

— Você e ela deveriam ficar amigas antes de prosseguirmos — disse Evan com um tom desafiador em sua voz. Até mesmo ele podia ver que Nell não era simpática à ideia. — Sempre cruzo a floresta com ela; me avisa de qualquer perigo.

O que pode ser mais perigoso que um lobo?, pensou Nell, mas guardou esse pensamento para si. Se fosse preciso ser amiga de Faolan para ter sua irmã de volta, então ela o faria.

— Oi — disse de um jeito estranho.

Faolan começou a uivar novamente, de um modo bem profundo. Um lado de sua boca abriu ligeiramente, mostrando um dente branco afiado.

Evan estava observando; Nell tentou novamente. Esticou a mão para a frente. Faolan bateu os dentes tão perto que ela sentiu o calor da respiração da loba.

Meu!

Nell levantou as mãos para cima num ato de rendição e andou para trás. Abaixou-se para que seus olhos ficassem no mesmo nível. Infelizmente aquelas presas também estavam no mesmo nível, mas ela espantou o pensamento e olhou bem fundo naqueles olhos âmbar.

Eu e você precisamos deixar claro uma coisa, disse silenciosamente para a loba. Não estou competindo. Logo ele será todo seu novamente.

A loba continuou a encarar sem piscar, então se virou e foi em direção às árvores.

Não tinha certeza de que fizera certo. Levantou-se.

— Hum... — disse Evan. — Não tenho certeza se aquilo funcionou.

Nell deu de ombros.

— Eu tentei. Por que ela manca... está ferida?

— Não. Ela nasceu manca. Não podia ficar com os outros filhotes, então se tornou a ômega, o lobo mais lento, o que é expulso da matilha. Eu a resgatei.

— É o tipo de coisa que você faz.

— Ela estava sozinha, e ser um lobo solitário não é bom. Lobos são como nós. Precisam do grupo ao seu redor. Todos precisamos de família.

Que pena que tiraram Gwen dela, Nell pensou.

Evan fez outro carinho em Faolan.

— Gosto de coisas que não são perfeitas.

Então não é surpresa que tenha ficado com você, sussurrou Hélène em seu ouvido. Agora, pare de enrolar preocupada com a floresta e vá resgatar Gwen.

Ela olhou para a massa de árvores e os caminhos sombrios que conduziam ao seu interior.

— O lobo grande e branco também está aqui? — perguntou.

— Thor? Não. Ele é leal a Fen.

Então era uma bênção. Ela não queria encontrar com aquele monstro de olhos azuis em meio àquelas árvores.

Ela enfiou as mãos nos bolsos e sentiu o formato delicado do relógio de lua. Quase podia sentir o pequeno sol se pondo.

— Precisamos continuar seguindo — disse. — Você pode flutuar novamente? Chegaríamos lá muito rápido.

— Não. Força demais com você nos meus braços — ele riu. — Foi a primeira vez que abracei um humano.

— Grande coisa — ela disse, tentando ser natural como Gwen. Mas na verdade ela ainda podia sentir a pressão dos braços dele em seu corpo.

Ele olhou para o céu.

— Temos tempo para andar pela floresta. Não se preocupe. Traremos Gwen de volta antes do pôr do sol.

Ele apontou para um caminho estreito, quase como um túnel escuro no subsolo.

— Vamos por aqui.

Ao seu redor as árvores sussurravam de forma ameaçadora. Podia ouvir coisas se movendo entre elas, fora da vista. Ela realmente não estava animada de entrar ali.

— Não acredito que você tem coragem de viver entre todas essas criaturas selvagens.

— Essa é a nossa terra, Nell — ele falou quando entrou pelo caminho. — É cheia de perigos e coisas que podem atacar. Seu mundo era assim mil anos atrás.

Conforme o seguia, ela olhava para trás, assegurando-se de que reconheceria a clareira de novo e seria capaz de encontrar a névoa facilmente. Precisava de uma saída rápida quando voltasse. Se voltasse. A névoa não se mostrava tão bem à luz do dia. Então viu a nuvem branca lá em cima, entre dois pinheiros com lanternas balançando em seus galhos. Lembrava-se daquilo. Mas seus olhos avistaram outro caminho de névoa alguns metros adiante. Ela franziu a testa e olhou em volta. Havia outro, mais para trás, e mais alguns à sua direita.

Por qual deles ela viera? Contou: não uma névoa, mas dez!

É claro. Dez portais, dez famílias. Mas a avó havia lhe dito que eram em países diferentes.

— Evan! — ela chamou. — Espere.

Ela o ouviu voltando sobre o carpete de espetos de pinheiro.

— Achei que você estava com pressa!

Ela estava, mas precisava saber que névoa levaria ao seu bosque. Entretanto, não poderia dizer isso a ele.

— Sou obsessiva, preciso saber as coisas — ela disse. — Sei que as névoas são portais, mas estão lado a lado. Como pode isso, se minha avó me disse que elas estão em diferentes países?

— Ela está certa — ele começou a apontar. — Aquela leva à Sibéria. Aquela outra, para o Canadá. Aquela para a Suécia...

— Não. Não é possível. Pare de zombar da minha cara — ela interrompeu. Não queria brincadeiras numa hora dessas. — Canadá, Sibéria e Suécia são separados por milhares de quilômetros.

Ele começou a parecer perverso novamente.

— Você não entende, não é, Nell? Não percebe o quão longe está da sua casa. Estamos fora de seu mundo. Estamos fora de seu tempo. Estamos flutuando livres. Daqui, todos os seus países estão a um caminho de névoa de distância. Pense nelas como portas mágicas. Faça um desejo e então, lá está!... você estará em algum lugar diferente.

Ela apontou um caminho de névoa.

— Eu ando por aquela e estou no Canadá?

— Aquela? Não. Aquela é para o Alasca — ele riu. — Viagem barata para qualquer lugar no mundo, Nell. Desde que seja frio e tenha uma floresta.

— Qual delas leva ao meu bosque?

Ele apontou. Ela guardou na memória. A árvore mais próxima tinha o tronco queimado por um raio. Era a sua saída.

— Venha, se quiser — ele disse e desapareceu na floresta novamente.

Ela precisava correr para alcançá-lo. Conforme a floresta se fechava ao seu redor, barulhos vinham de todos os lados.

— Cuidado — ele avisou. — É muito espinhoso no início.

Ele não estava brincando. Ela se viu cercada por silvas. Não apenas velhas silvas, porém as mais letais que já vira. Tinham espinhos de dez centímetros com ganchos nas pontas. Bom, seriam úteis a ela. Deixou sua mão arranhar nos espinhos.

E continuava a dizer:

— Ai!

De repente lá estava ele ao seu lado novamente, como se se importasse com ela. Tentou não deixá-lo ver que seus dedos pingavam sangue. As pequenas gotas caíam no chão da floresta e se perdiam no emaranhado de espetos de pinheiro e grama.

— Continue assim e estará em tiras antes de chegar lá — ele disse.

— É apenas sangue. — Ela deixou as gotas caírem exatamente como planejara.

Ele suspirou diante de seu jeito de garota da cidade e se foi num passo rápido, talvez para ensinar-lhe uma lição. O caminho era estreito, ele andava na frente, movendo-se facilmente enquanto ela tropeçava e caía. O ar era esverdeado pela abóbada espessa de silvas acima. Era tão difícil como se estivessem seguindo debaixo da água.

Quanto mais fundo penetravam, pior ficava. Dos dois lados havia gravetos mais afiados e mais espinhos. Ela puxou as mangas da jaqueta sobre as mãos e seguiu. Raízes e trepadeiras grudavam em seus calcanhares. Insetos zumbiam em seu rosto. Ela não conseguia dar dois passos sem pular ou olhar em volta. Quando algo atingiu a parte de trás de suas pernas, ela quase gritou, mas era apenas Faolan passando com as orelhas para trás e o focinho empinado. Uma loba nada amigável, uma floresta hostil... isso ia ser difícil. Ao seu redor árvores farfalhavam, estalavam e murmuravam, acima o som infindável das notas musicais. De vez em quando, raios de luz do sol desciam pelos galhos e pontuavam a escuridão. E, quanto mais longe chegava, mais ela começou a sentir que alguém a estava vigiando. Talvez alguém estivesse... todas aquelas saídas, uma para cada grande família.

Ela deu uma corrida e o alcançou.

— Você conhece as outras grandes famílias... elas estão nesta floresta? — perguntou subitamente.

Não queria encarar um Elfo adulto que pudesse odiar humanos. Já tinha problemas demais com a vida selvagem e em ser arranhada pelas silvas.

— Você andou conversando com os Observadores — ele disse sobre o ombro.

— Me fale delas — pediu, espantando algo com muitas pernas de sua bota. — Isso vai desviar minha atenção do enorme inseto que está tentando escalar a minha perna.

Ela o ouviu rir.

— Certo, garota da cidade. Além dos Rivers, há os Dells, Willows, Moons, Snows, Heaths, Leafs e Meadows.

Ela tropeçou num tronco coberto de cogumelos, que ele pulou com facilidade.

— São apenas oito.

— As outras duas, os Stones e os Thorns, foram para o Gelo — ele falou como se fosse algo terrível.

— E isso significa que... eles congelaram? Vivem no Polo Norte?

Ele mostrou o entorno com a mão.

— Esta floresta é enorme, vai muito, muito além de onde brilha o sol, até o lago onde é sempre inverno. É onde os Elfos do Gelo vivem. — Ela o viu tremer. — Você não quer saber sobre eles, acredite em mim. Nossas mães costumavam usá-los para nos assustar, para fazer com que nos comportássemos.

Stones e Thorns. Até o nome deles soava duro e perigoso.

— E as outras sete?

— Perdemos contatos com elas quando os Observadores começaram a nos aprisionar. Não sabemos se foram capturadas ou se estão livres em seu mundo, mas não podem voltar para cá. Definitivamente não estão na floresta nem estão nos ajudando.

Ele pulou outro tronco caído e desapareceu no caminho escuro mais à frente.

Ela sentiu o relógio de lua em seu bolso e olhou para ele. O sol ainda estava seguindo seu caminho em direção à nuvem. Havia quanto tempo estavam viajando? E quanto ainda teriam que ir? Não tinha como saber: tudo o que podia fazer era se manter calma e seguir em frente.

Correu atrás dele. Ainda sentia que estava sendo vigiada, apesar do que ele dissera. Por que ele deveria lhe dizer a verdade? Afinal, ela estava mentindo.

Nell pulou um coelho morto no caminho.

E outra coisa que a estava distraindo, além do passar do tempo e dos insetos se arrastando em suas mangas, era a música. Não havia outro som vindo da floresta agora, apenas aquela infindável e enlouquecedora melodia. Estava realmente alta, martelando em seus ouvidos. Ela desviou de um corvo morto. Na verdade, sentia como se a música estivesse fazendo seus olhos vibrarem. Era isso, ou tudo ao seu redor começara a tremer.

Ela parou. As árvores agora eram maiores. O caminho à sua frente, malhado com um raro toque de luz solar, se dividira em dois e rodeava um monstruoso tronco de árvore. Era tão largo e antigo que parecia ser feito de pedra e não de madeira.

Ela bateu com as mãos nas orelhas. De onde vinha a música? Olhou em volta. Tudo estava fora de foco, tremulando com a melodia. Uma trepadeira, vindo lá de cima do enorme tronco até o chão, pulsava tão rapidamente que parecia uma mancha. Ela olhou fixo para aquilo, esfregando os olhos. Não era uma trepadeira, era um cabo feito de algum tipo de metal retorcido. Era como aqueles que passam pelos postes de telégrafo, mas grosso como seu braço. Era como uma mancha, porque vibrava feito a corda de um violino.

— É isso que está tocando a música? — ela murmurou.

E esticou a mão para tocá-lo, mas não conseguiu. Algo a impediu. Era Evan. Seus braços estavam ao seu redor de novo. Ele a puxou para trás alguns passos e a soltou. Eles se separaram rapidamente.

— Por que você fez aquilo? — ela gritou para sobrepor a música.

Ele apontou para o cabo.

— Não toque nele ou vai morrer.

— O que um cabo está fazendo numa floresta?

— Não é um cabo. É a corda de uma harpa.

— Não o tipo de harpa que eu conheço — ela disse. — Não com uma corda daquele tamanho.

Ele apontou.

— Vê o tronco de árvore maciço? Não é um tronco, é uma harpa. É apenas grande demais para identificar.

Ela olhou bem para cima, para onde apontava o dedo dele. O grande tronco no meio do caminho desaparecia através da cúpula de galhos de pinheiro bem acima deles, e então continuava seguindo em direção ao céu.

— É tão grande que o topo tem sua própria nuvem — ele disse quando seus pescoços estalaram.

Ela fez sombra nos olhos. Conseguiu ver mais cordas grossas se esticando pelas árvores.

— Por que vocês têm uma harpa gigante aqui?

— Há muitas. Elas cercam a floresta e a mantêm longe de seu mundo.

— São aparelhos poderosos? Postes com cordas que tocam uma música?

— Nunca ouviu falar de Harpas mágicas? — Ele começou a conduzi-la ao redor da corda.

— Sim, mas em contos de fada. Aquelas que fazem as pessoas dançarem, rirem ou dormirem para sempre.

— O som tem poder — ele disse. — O som pode fazer coisas incríveis. Pode até matar. — Ele se virou e saiu andando por um caminho lateral. — Por isso as cordas são letais. Um toque e você está morto. Quase esqueci que você não era uma Elfa e que não sabia. — Fez sinal para segui-lo. — Vou levá-la pelo caminho mais longo no entorno, por segurança.

— Mas não temos tempo! — ela respondeu, começando a entrar em pânico. Não podiam pegar desvios. — Não pode ser tão ruim assim. Quantas cordas há?

— Cem. Se pudesse sentar no topo de uma árvore, as veria descendo até o chão ao nosso redor. Seria tão perigoso para você quanto andar por um campo minado.

— Não me importo — disse. — Aprendo rápido. Apenas me conduza por elas.

— Então fique bem perto de mim — ele disse e esticou a mão. Ela a pegou e seguiram pelo emaranhado de cordas que cruzavam seu caminho. Entretanto, aquilo os retardou.

Anda, anda, Nell desejou. Por favor me leve mais rápido. Quando estava quase chegando ao fim e ela pôde ver que o caminho à frente estava claro, a música subitamente fez uma pausa. O silêncio era mortal.

— Ops — disse Evan.

— O que foi?

Um segundo mais tarde a música recomeçou, mas as primeiras notas eram ásperas e fora do tom. Arranhavam como unhas num quadro-negro. Penetravam em seus ouvidos. Ela piscava de dor. Alguns metros à frente um pequeno pássaro caiu no chão num monte de penas.

— O tom não está certo! — ela disse enquanto se abaixava e o seguia sob outra corda.

Sentiu a mão dele apertar a dela. Provavelmente ele nem havia percebido estar fazendo aquilo.

— Isso é porque as Harpas estão caindo, Nell.

— Estão parando? Isso é um problema?

Ele não respondeu imediatamente. Então disse, numa voz sem emoção:

— Isso significa que nossa terra vai morrer.

Ela parou.

— Oh, céus!

Ele se virou para ela.

— O que houve?

— Agora eu entendo. — Olhou fixo para ele. — Se este lugar morrer, vocês não terão onde viver... a menos que voltem para o nosso mundo.

Ele olhou para a floresta.

— Sim — disse relutante. — Exatamente.

Nell apertou a mão dele.

— Por que não contam aos Observadores? Eles não sabem!

Ele largou a mão dela.

— Certo. Por que não pensamos nisso? — disse amargamente. — Porque os países iriam nos receber como velhos amigos, é? Tentamos fazer isso discretamente, mas eles perceberam. Se soubessem que esta terra está morrendo, nos matariam em vez de compartilhar o mundo conosco. Eles têm medo demais de nós!

Ele pegou a mão de Nell e a conduziu sob a última corda.

— Vocês não podem consertá-las? — ela disse se virando para olhar as cordas.

— Não. Foram feitas pelos Vanir.

Não havia tempo para perguntar, mas ela não conseguiu se conter.

— Quem são eles?

— Elfos que viveram há mais de mil anos — ele disse. — A pele deles é como mármore. Seus olhos, como safiras negras. Seus poderes são incríveis, são quase deuses.

Ele a levou pelo caminho que era mais aberto depois da harpa, de modo que ela podia ir ao seu lado.

— Então peça aos Vanir para consertar.

— Eles se foram. Não sabemos para onde — ele disse, sua voz ainda era fria. — Nossos pais tentaram consertar as Harpas, mas não funcionou. Não sabemos mais como fazer. — Olhou em volta. — Em algum momento no futuro não haverá mais terra dos Elfos. Mas não ainda. Toque na madeira.

Para sua surpresa, ele tocou num tronco quando passaram.

— Você é supersticioso? — ela perguntou. Qualquer coisa para mudar o assunto e deixá-lo menos triste.

— Não, sou sério — ele respondeu. — Tocamos uma árvore para manter a alma da floresta feliz.

— Você realmente acredita nisso?

— Não. Eu sei. A alma da floresta pode ficar de muito mau humor. — Seu sorriso voltara. — Você precisa acalmá-la o tempo todo.

Ela pareceu em dúvida.

— Você está brincando, não é?

— Não. Tudo tem alma, não sabia? Um bando de pássaros tem uma alma. É assim que conseguem migrar por milhares de quilômetros para o mesmo lugar, mesmo sem jamais terem feito a viagem. Uma colmeia tem uma alma que cuida de todas as abelhas. E um bosque tem uma alma também, que cuida de todas as árvores.

Nell olhava em volta enquanto o seguia. Talvez fosse a floresta que parecia estar vigiando. Se era isso, não parecia gostar muito de Nell. Estavam bem dentro da floresta e nenhum raio de sol penetrava agora pelas sombras verdes. Ela caía de vez em quando. Algumas vezes ele a segurava, outras não. Quando o caminho se tornou úmido, Nell escorregou e ficou mais difícil para ela. Não para ele. Os gravetos não agarravam em suas roupas, a lama não grudava nele. Movia-se feito um gato, sempre sabendo onde colocar os pés, quase dançando sobre as raízes e trepadeiras. Coisas caíam longe deles: coisas grandes e pesadas. Coisas menores corriam, insetos estranhos zumbiam no rosto dela, chiados altos faziam seu coração pular. Olhos piscavam nos arbustos e desapareciam. Por todo o entorno, o subsolo farfalhava.

Em determinado ponto, ele de repente agarrou o braço de Nell e a puxou para trás. Um segundo depois, um enorme osso caiu e se espatifou no chão centímetros à sua frente.

— Abutre-das-montanhas — ele disse.

Algo enorme e cheio de penas saiu de um galho acima de sua cabeça e atravessou a copa das árvores numa explosão de garras e plumagem negra.

— Os chamamos de quebradores de ossos, porque se alimentam de medulas e as conseguem atirando ossos nas pedras... ou na cabeça das pessoas, enquanto estão voando bem alto.

— Era bem assim que eu imaginava uma floresta de contos de fada. Como um pesadelo — ela disse, enquanto a ave subia voando.

— Não se incomode, os Observadores apagarão tudo da sua mente quando isso acabar — ele disse.

Ela olhou de lado para ele.

— Você conhece o tratamento?

— Sim. Aposto que você gostará. Saber sobre os Elfos é complicado. Manter segredos afasta você das outras pessoas.

— Me diga algo que eu não sei — ela falou. — Nasci me sentindo afastada. Olho para todo mundo e eles parecem compreender as regras do nosso mundo: o jeito de falar, as respostas corretas, quando levar algo a sério, quando rir. Eu sempre entendo errado.

— Não desta vez. Você persuadiu sua avó a aceitar o acordo.

Quem me dera, pensou Nell, e teria se preocupado com seu plano e como ele iria funcionar, mas à sua esquerda ouviu um barulho como se algo grande estivesse morrendo em agonia. Pôde ouvir galhos se debatendo, algo choramingando, enviando um bando de pássaros para o ar, com as asas zumbindo. Faolan, que vinha andando nos calcanhares de Evan como um cão bem treinado, saiu para investigar.

— Caramba, o que é isso? — ela sussurrou horrorizada.

— Um cervo gritando, garota da cidade. Isso é a floresta de verdade. Há águias, lobos, cervos e ursos. É uma floresta dos tempos primórdios, nunca foi cortada, nunca foi alterada. Não sofre mudanças há mil anos. — Ele olhou em volta. — Nada muda muito no mundo dos Elfos.

Ele seguiu e ela ficou bem perto dele enquanto o cervo despercebido parecia mais perto e gritou novamente.

— Eu vi você com um celular. E ouvindo música num iPod.

— Nós entramos em seu mundo em busca de aparelhos. Fen está tentando descobrir um jeito de fazer celulares funcionarem na floresta. Já nos trouxe energia.

Fen, Fen, Fen. Fen com seu estranho olho brilhante. Ela já estava cansada de ouvir sobre Fen.

— Vou conhecê-lo?

Ele deu mais alguns passos antes de responder.

— Suponho que vai ser preciso. Ele pode ficar um pouco nervoso com humanos. Mas, quando souber que os Observadores concordaram, conhecerá o melhor lado dele. — Entretanto, sua voz o traiu. Ele parecia inseguro.

Mas Fen estava no futuro. Ela estava mais preocupada com quem os seguia agora. Não era sua imaginação. Por duas vezes vira uma luz branca lá dentro da floresta.

Ela andava mais perto de Evan.

— Alguém está nos seguindo?

Ele olhou ao redor displicentemente.

— Nada com o que se preocupar. Eu saberia se estivéssemos em perigo. — Ele segurou o braço dela gentilmente. — De qualquer forma, você é tão corajosa quanto um garoto Elfo.

— Eu não sou um garoto.

— É tão boa quanto.

Ela balançou a cabeça.

— Errado. Sou tão boa quanto uma garota.

Ele pensou sobre aquilo.

— Verdade. Você é tão boa quanto uma garota Elfa. Espere até conhecê-las. Elas pensam como você. — Ele hesitou, então disse: — Lembra aquele Elfinho na *scooter*? Bean?

— Sim.

— Ele achou que você era minha namorada.

Nell continuou andando, olhando para a frente. Corar parecia ser uma coisa do passado para ela. Qual seria o costume no meio da floresta, seu rosto ficaria úmido, suas roupas presas nos espetos dos pinheiros e cheias de lama?

— Ele estava tão errado — ela falou casualmente.

— Bem, ele é jovem demais para saber que Elfos e humanos não se misturam — respondeu, tentando provocar alguma reação nela. — Ele não percebe que o mundo provavelmente explodiria ou algo assim, se humanos e Elfos ficassem juntos.

Ela acenou seriamente.

— Ainda bem que não estamos interessados.

Ele riu.

— Com certeza. Não íamos querer que o mundo explodisse.

— Não. — Ela olhou para ele com um jeito inocente. Não era o único que conseguia ser ardiloso. — Você deveria alertar seu irmão. Soube que ele namora garotas humanas.

Evan olhou para o outro lado.

— Sim. Eu soube — falou baixinho. — Mas já não é o mesmo. Ele mudou. Tem dores de cabeça que o deixam louco. Bate com a cabeça contra troncos de árvore diversas vezes de tanta dor. Acho que é o estresse de toda essa luta.

Ela notou que bastava mencionar Fen que Evan parecia ficar abatido.

Seguiram em frente, e após um tempo ela ouviu o som de água correndo e percebeu que estava terrivelmente sedenta.

— Queria ter trazido algo para beber — disse.

Ele apontou para um caminho de clara luz do sol, entre as árvores.

— Algum problema com água?

O som da corrente enchia a pequena clareira: a água caía em cascata sobre rochas até um lago claro como cristal. A grama tinha um tom brilhante de verde-esmeralda.

— Sério — ela disse, andando atrás dele. — Não temos tempo para parar!

— Temos.

— Não temos!

Pela primeira vez desde que entraram na floresta a luz do sol os alcançou. Era um alívio poder andar livremente, sem pular sobre trepadeiras e raízes. Faolan correu à frente deles e começou a beber água de um jeito barulhento. Quando a seguiram, algo saiu das árvores do lado oposto. Por um instante, Nell esqueceu o tempo. Esqueceu Gwen.

— Você está brincando — suspirou.

Era um belo pônei árabe, com pintas cinza e os cascos batendo sobre as rochas. Apenas um pônei, exceto por aquele longo chifre espiralado na testa.

— Não, eles são mitológicos — ela murmurou.

Evan olhou para ele com cautela.

— Os Elfos são mitológicos e nós somos reais.

Pela primeira vez no que pareciam dias, Nell sorriu.

— É tão lindo.

Ela chegou mais perto, desejando ter uma bala de menta para oferecer. Será que unicórnios gostavam de balas de menta como os pôneis comuns?

— Então, se esta floresta foi um dia parte de nosso mundo... então também tínhamos unicórnios!

— Não, eles existem apenas aqui — disse Evan, seguindo-a. — Os Vanir provavelmente os colocaram aqui como uma brincadeira. Então histórias sobre eles vazaram para o seu mundo. Embora vocês não tenham entendido os detalhes direito.

O unicórnio estava parado à beira do lago. Em vez de beber, olhava para eles, como qualquer cavalo. O fabuloso chifre prateado brilhava à luz do sol.

— Cuidado — ele disse.

— Por quê? Ele é incrível.

O unicórnio fixou o olhar nela e baixou a cabeça. De repente, não parecia mais tão belo. Uma veia pulou em seu ombro branco pintado. Ele irritadamente bateu o casco contra a rocha. Evan agarrou o braço dela.

— Incrível e mal-humorado — alertou.

Ele pulou no lago, espalhando água para todos os lados, e seguiu na direção deles. Evan puxou Nell para trás bem a tempo. Até Faolan, que bebia água, saiu de seu caminho. Antes que ele pudesse dar a volta e acertá-los com seu chifre, Evan correu em sua direção e bateu forte em seu traseiro. O unicórnio fugiu e desapareceu de novo entre as árvores.

— Boa viagem — ele disse.

Evan ajoelhou à beira do lago, juntou as mãos e bebeu água. Faolan veio e se enroscou em seus pés. Nell ficou procurando o unicórnio.

— Isso está destruindo muitos dos meus sonhos — ela falou. — Sempre quis que unicórnios fossem reais, e, quando são, se mostram malvados.

— A vida não é justa — Evan comentou. — Venha beber um pouco de água. Não está tão longe agora.

Ela sentou perto dele, tentando relaxar. Tentando não pensar no relógio de lua correndo em seu bolso. Quão longe *não era longe*?

Ele bateu a mão na água límpida.

— Pensei que estava com sede.

Ela hesitou.

— Há todo tipo de porcaria na água — falou duvidosamente.

— Não aqui. Nada de indústrias. Apenas floresta. Nada para poluir.

A água estava fria de doer os dentes. Nell se inclinou e bebeu um pouco, então sentou-se sobre os calcanhares.

— Você tem razão. É boa.

Evan abraçou os joelhos; o sol refletindo em seu cabelo e pele o fazia brilhar.

— Você teria gostado da vida dos Elfos antes de começarem a nos prender. — Ele olhava em volta como se fosse um príncipe da floresta. — Nada nos incomodava. Nada era sério. Havia aniversários, feriados e casamentos. Todas as grandes famílias se encontravam nessas ocasiões. E o casamenteiro estava lá, ajudando os mais velhos a escolherem com quem iriam casar.

— Vocês têm casamenteiros?

— Acredite. E as festas! Todos os Elfos se conhecem, então nossas festas eram grandes e extravagantes. Costumávamos viajar pelas névoas, nos encontrando em bosques e florestas de diversos países. Algumas vezes entrávamos nas cidades. — Ele sorriu para ela. — Eu poderia ter sentado perto de você no cinema, ou estar na pista ao lado do boliche, e você jamais saberia quem éramos nós. Nunca nos deixávamos ser descobertos, e os Observadores mantinham distância.

Ela precisava se apressar, mas queria muito ouvir sobre a vida dele.

— Então tudo mudou?

— Quando as Harpas começaram a falhar, alguns Elfos iniciaram uma mudança para o seu mundo. A princípio ninguém percebeu, então os Observadores começaram a nos cercar. Cada vez que saíamos da névoa, estávamos em perigo. Agora, se ousamos viajar pelo seu mundo, precisamos voar na escuridão da noite. — Ele deu uma risada, mas não havia humor nela. — É bom os Elfos gostarem das estrelas, porque vemos muitas delas agora.

— O que aconteceu com seus pais?

Ele afundou a mão na água e Nell pensou que Evan não iria responder. Então olhou para ela.

— Foram traídos por sua avó e pelos Observadores.

Ele começou a contar, a princípio lentamente, como se jamais tivesse falado sobre o assunto.

— O nome da minha irmãzinha é Duck. Devia ter cinco anos agora. Era tão engraçadinha, tinha esse tufo de cabelo arrepiado como se tivesse posto a mão em alguma coisa com estática. — Ele sorriu quando lembrou, mas não durou muito.

— Era seu aniversário de dois anos e estávamos dando uma festa para ela, mas meu pai primeiro tinha que encontrar com os Observadores. Ele havia negociado uma trégua. Entenda, meu pai é o rei.

— Caramba! — disse Nell. Ela não tinha acabado de pensar que ele parecia um príncipe? E certamente ele agia desse jeito na escola... mas nunca achara que fosse de verdade. — Você é da realeza?

Ele pegou um seixo e começou a desbastar uma outra pedra.

— Não. Não exatamente. Ser um Elfo rei ou rainha é mais um risco do que uma honraria. Você acaba como um intermediário com humanos de um lado e Elfos de outro. É um bode expiatório. Foi por isso que meu pai teve que ir falar com os Observadores.

Ele jogou o seixo longe. Estranhas sombras se moviam em seu rosto enquanto falava. Primeiramente Nell pensou que era o sol batendo nos galhos altos.

— Papai estava indo tentar fazer um acordo com os Observadores. Ver se nos dariam um pedaço de terra. Church havia conseguido um encontro dele com os chefes dela, em Londres. Ela prometera que manteriam a trégua, então decidimos ir todos, como um presente para Duck. Sentamos num café, desfrutando a luz do sol, vendo o mundo passar.

Mais sombras passaram pelo rosto dele.

— Mas ela nos traiu. Quando os Observadores chegaram, era para nos capturar e nos mandar para os campos de ferro.

— Por que minha avó faria isso? — perguntou Nell horrorizada.

— Para dar uma lição aos outros Elfos. Para dizer... cuidado, podemos pegar os Rivers, então não venham mais para o nosso mundo.

Ele esmagou o seixo. Pareceu nem notar. As sombras cresceram em seu rosto e mudaram de cor: azul-pálido, púrpura, amarelo, verde, como cores de uma poça de óleo.

— Eu só conseguia pensar no aniversário de Duck e que a gritaria a irritava. Ela estava sentada nos meus joelhos tomando sorvete — ele olhou para Nell. — No momento seguinte, a rua estava cheia de Observadores em motocicletas e carros. Tinham até um helicóptero para o caso de conseguirmos fugir pelo céu.

— Pegaram vocês todos?

Ele deu uma risada, porém parecia mais um choque.

— Nos encurralaram, ali, no meio de Londres. As pessoas das outras mesas devem ter pensado que éramos um bando de criminosos procurados pela polícia. Viram meu pai ser derrubado no chão e minha mãe lutando até ser vencida por três ou quatro, e jogada numa van sem placa, com algemas de ferro.

— Por que você não flutuou?

— Eles colocaram barreiras de ferro ao nosso redor antes que percebêssemos. Fen estava como um louco, batendo em todos eles. Se mexia tão rápido que mal podia ser visto, mas não conseguia sair. Poderia correr, mas não para muito longe. Tentei correr com Duck, mas vieram para cima de mim. — Algo brilhou em seus cílios. Uma lágrima? — Eles a tiraram dos meus braços, Nell! Minha irmãzinha. Não fui rápido o suficiente. — Ele mordeu os lábios até sair sangue. — Fen está certo, eu deveria ter sido mais rápido — murmurou. — Podia ouvi-la gritando de pânico. Estava apavorada. Então lutei com eles.

As sombras em seu rosto ficaram mais densas e ela viu o que eram: fantasmas das feridas que sofrera naquele dia. Sua pele estava lembrando o que os Observadores haviam feito com ele. Quando levantou o olhar para ela, um de seus olhos estava meio fechado e enegrecido.

— Fen me salvou. Me agarrou e corremos por cima das mesas e dos garçons. Fomos para dentro do café, saímos pela porta dos fundos, pulamos o muro e seguimos por quintais. Passamos por fora do ferro desse jeito, e nos livramos. — Ele passou a mão no rosto, espantando a umidade. — Mas desde aquele dia nunca mais vi meus pais ou Duck.

Ele se recostou, seu rosto ainda era uma confusão de marcas púrpura e amarelas brilhando na pele branca.

— Desde então, eles têm capturado a maior parte dos adultos. Mas não pegam um Elfo jovem com frequência. Somos rápidos demais. É como tentar pegar um rato. Por sorte, nossas mães nos ensinaram a cuidar de nossa vida. Agradeço a Gaia porque é o único meio de nossa sobrevivência. Mas naquele dia Fen jurou que teríamos nossa vingança. Que ele iria fechar os campos e libertar todos. Que, se os humanos não nos deixassem compartilhar o mundo, ele o tomaria deles.

Nell não disse nada. Não sabia o que dizer depois de uma história como aquela.

— Vi uma foto de um dos campos — ele continuou. — As cercas de ferro são muito altas e ficam no meio de uma terra congelada a milhares de quilômetros de lugar algum, com uma estrada que chega até lá. Não há árvores. E as estrelas são ofuscadas pelas luzes que queimam vinte e quatro horas por dia. — Ele finalmente olhou para ela. — Não podemos viver sem as árvores e o céu noturno, Nell. Foi por isso que precisamos arriscar tudo e pegar Gwen. Mas agora, pelo menos, logo vou poder ver Duck novamente!

Ela desviou o olhar, fingindo que havia algo fascinante na água. Qualquer coisa, menos olhar para o rosto machucado dele, e a luz de esperança que mostrava. As coisas que as pessoas fizeram umas às outras eram terríveis demais para imaginar. Até em sua escola havia brigas, onde Jake e seus amigos desafiavam os garotos das outras escolas da cidade. Todos corriam quando o sinal tocava e andavam pelas ruas até os dois grupos se encontrarem. Se humanos não conseguiam viver juntos, como aprenderiam a viver com outras espécies como os Elfos?

— Lembro a última vez que vi Duck — Evan disse baixinho. — Um Observador a estava levando para dentro da van. Seu cabelo estava arrepiado e ela gritava. Nem sei como ela está agora. — Ele se levantou. — É por isso que seguimos Fen e fazemos o que ele quer, Nell. Ele é tudo o que nos restou, o único que está ao nosso lado.

Ela também ficou em pé, e, quando olhou novamente para Evan, as marcas haviam desaparecido. Agora ele estava apenas pálido e cansado.

Ao contrário do outro garoto Elfo, que veio correndo por entre as árvores e saltou para a correnteza com um arco nas mãos e uma aljava de flechas nas costas.

— Lobos! — ele gritou.

Faolan já sabia. Ela ficou de pé, com as pernas como estacas. O pelo estava arrepiado em suas costas.

Eles vieram das árvores: castanho, cinza, tigrado, caramelo, um quase negro. Cercaram a clareira se movendo como fumaça. Liderando-os estava o lobo branco-ártico de olhos azul-claros. Thor.

— Fen precisa controlá-los melhor. Estavam perseguindo vocês dois — disse o garoto, mantendo o arco e flecha apontado para eles.

Ela o reconheceu das fotos do escritório da avó: o garoto de cabelos longos e arco e flecha encarando a câmera. Usava roupas de camuflagem e tinha dois coelhos pendurados no ombro. Um casal de furões brincava e corria entre seus pés como gatinhos.

— Fiquem quietos — ele alertou. Jogou os coelhos na grama e apontou. Houve um assovio e a flecha saiu de seu arco e atingiu uma árvore a cinco centímetros de distância do nariz branco de Thor. O lobo ganiu e desapareceu entre as árvores. Os outros o seguiram.

— Belo tiro — disse Evan. — Não os tinha visto.

O garoto colocou o arco no ombro.

— Estão ficando piores, Evan. Estão mais atrevidos. Fen deixa Thor ir longe demais. Eles estavam me perseguindo, até que sentiram o cheiro dela. — Olhou para Nell como se fosse culpa dela ter atraído a atenção dos lobos.

— Este é Falcon — explicou Evan. — Nosso caçador.

— Oi — ela cumprimentou.

O garoto não parecia impressionado.

— Então essa é a garota humana de quem você estava falando?

— Bem colocado — ela disse.

Falcon a ignorou. Pegou os coelhos e andou pela clareira até uma pilha de pedras lisas que haviam sido empilhadas como um tipo de pequeno santuário. Uma pedra grande funcionava como uma espécie de mesa, e sobre ela estavam ramos de flores murchas em vidros de geleia e pequenas tigelas cheias do que pareciam ser nozes e amoras.

Ele colocou um coelho em cima e pegou uma faca.

— O que ele está fazendo? — sussurrou para Evan.

— Precisamos caçar para sobreviver. Mas depois temos que pedir perdão a Gaia por tirar uma vida.

Ela olhou para os coelhos.

— É isso que vocês comem?

— Algumas vezes. Quando nossos pais estavam aqui, eles trabalhavam na floresta. Nos davam toda a comida e bebida que queríamos: cervos, frutas e peixes das correntezas. Jantávamos como reis e rainhas. Tirávamos prata e ouro das rochas: as joias Elfas são as mais finas que já se viram. Até a nossa roupa: camurça e couro, como os seus nativos americanos.

— Não agora — ela falou, olhando o capuz dele. Era uma marca que conhecia, e não era barata.

Ele sorriu.

— Nunca disse que não íamos ao seu mundo e não comprávamos coisas também. Sabe quando me viu na cidade do lado de fora da joalheria? Estava vendendo o nosso ouro. Precisávamos de dinheiro, porque sem os adultos não podemos viver fora da floresta. Não sabemos como. Falcon faz o melhor que pode e está treinando os mais novos, mas é difícil para nós.

Enquanto andavam, Falcon pousou a faca com um ruído seco. Ela o viu pingando um pouco de sangue nas pedras. Ele disse algumas palavras. Parecia uma oração. Então estendeu algo para ela. Era peludo e cheio de sangue. Ele riu da expressão dela.

— Pé de coelho para dar sorte? — ele provocou.

— Não, obrigada — ela cruzou os braços. — Não deu muita sorte para o coelho.

Ele a fazia se encolher de propósito, ela sabia. Assim como no sétimo ano, quando se sentou perto de Ryan Burns na aula de biologia, e ele ficou jogando sapos mortos no colo dela. Espécies diferentes, mesmo tipo de garoto.

Ele colocou o pé da sorte no altar e pendurou os coelhos de volta no ombro.

— Ainda bem que não a pegamos no sequestro — ele disse. — Se acabasse ficando aqui, jamais sobreviveria.

— Nenhuma delas vai ficar aqui, tudo está sendo resolvido — falou Evan rapidamente, mas mesmo ele estava rindo da expressão de nojo dela.

— Grande coisa — ela falou. — Eu tenho nojo de sangue.

— Você não pode ter medo se for um Elfo, Nell. — Evan indicou outro caminho. — Não é forte o suficiente para a vida na floresta.

— Você acha que minha vida é fácil — ela retrucou. — Viu a nossa escola. Todos os joguinhos psicológicos e políticos.

Ele pensou sobre aquilo e concordou.

— Você devia tentar uma escola humana — ele disse para Falcon, que andava ao seu lado. — É mais tensa que uma floresta cheia de lobos.

Os dois garotos começaram a andar mais rápido e após alguns minutos Nell ficou para trás. Quando os dois estavam bem à frente, ela parou, pegou o relógio no bolso e viu a posição de pequeno sol. Estava baixando. O tempo estava acabando. Quanto mais teriam que ir? E quão rápido ela conseguiria encontrar Gwen quando chegasse ao palácio?

Ela deixou as mãos arranharem num arbusto espinhento ao seu lado, então correu até os garotos. Quando os alcançou, Evan franziu a testa e apontou a mão dela.

— Você ainda está sangrando — disse.

Droga. Ela não queria que ele percebesse as gotinhas de sangue que caíam na grama.

— Fiquei presa de novo. Num espinheiro.

— Star vai dar uma olhada nisso quando chegarmos ao palácio — ele disse quando avançaram. — Ela está treinando para ser uma curandeira, como a velha Lettie. Vai lhe dar ervas e coisas assim para não piorar.

— Quanto tempo ainda falta? — ela perguntou quando fizeram outra curva.

Evan parou.

— Aqui — apontou para o caminho. — Chegamos.

Algo enorme e monstruoso bloqueava o caminho à frente, mas não parecia um prédio. Tudo o que ela conseguia ver era um muro de espinhos em meio a raízes retorcidas de árvores gigantescas, e um amontoado de pedras e troncos que pareciam fazer uma barreira pela floresta, tão alto quanto a visão dela alcançava.

— Onde?

— Está bem ali — ele falou, ainda apontando.

Então, como um quadro mágico, os olhos dela se focaram e ela viu.

Terrível Destino Recai sobre Jovem Garota

O dia de ontem confirmou o pior dos temores do sr. J. W. Simmonds, de Kibworth: sua filha realmente estava morta. Isso se deu pela descoberta de seu chapéu e sua capa no bosque perto da residência dos Simmonds.

Lettice Simmonds, de quinze anos, desaparecera havia duas noites. Ao serem entrevistados, seus dois irmãos mais velhos caíram num pranto agonizante e o sr. Simmonds pareceu atormentado. "O que faremos sem ela?", ele disse.

A respeito de certas observações feitas por alguns antigos residentes de Kibworth, sobre uma suposta maldição encantada que reivindica garotas jovens a cada cem anos, o sr. Simmonds disse o seguinte:

"Lettice era uma garota tímida, sempre discreta no comportamento e na forma de vestir, que queria apenas servir a seu pai e irmãos, já que sua mãe morreu quando ela era muito jovem. Um demônio terrestre levou minha filha, não fadas."

Kibworth Herald, 1913

Arquivos da Sociedade Britânica de Folclore

Editado por Druscilla Church

Quatorze

Alguém havia entalhado um símbolo num disco de madeira cortado de um tronco. Eram letras estranhas e pontudas.

— Runas — disse Evan. — Significa "desejo do coração".

— É incrível. — Nell suspirou.

Se um palácio pudesse ser vivo, então seria aquele. Parecia vivo.

— Gostou?

Ela chegou mais perto, na ponta dos pés, como se o lugar pudesse ouvi-la e bater a porta na sua cara.

— Claro. Não gosto de coisas bonitinhas. Gosto de coisas estranhas e espinhosas.

Evan olhou para ele.

— Você veio ao lugar certo.

— Desejo do coração — ela repetiu.

— Foi o nome que minha mãe deu.

Parecia o castelo da Bela Adormecida coberto de heras, porém mais sombrio. Era feito de arbustos, pedra e madeira, com três raízes como fundações. Erguia-se quase até bloquear os pequenos pedaços de céu que Nell conseguia ver através dos galhos bem acima.

— Nem sempre foi assim — ele disse se desculpando, como se Nell fosse uma amiga a quem convidara para um chá ou para passar a noite, e ele agora se preocupasse com o fato de ela criticar o estado de sua casa. — Costumava ser menos espinhento, mas, depois que meus pais foram levados, deixamos a floresta crescer ao redor dele para o caso de os Observadores virem até aqui. Um dia eles poderiam conseguir entrar e então estaríamos perdidos.

Quando chegou perto, ela pôde ver que a porta era um arco entre duas raízes gigantescas de uma árvore maciça central. Falcon sentara-se perto da casa e estava esfolando os coelhos. Tentando não olhar, Nell passou por ele, seguindo Evan para dentro, mas o garoto esticou o pé para fazê-la parar.

— Ela não pode entrar. Fede a ferro, Evan. Você ficou acostumado demais a estar entre humanos.

Nell se viu fuzilada por um par de olhos negros questionadores, então suspirou, enfiou a mão no bolso de sua jaqueta de couro e tirou o colar quebrado.

— É isto que está incomodando você? — perguntou.

Evan olhou para o colar com cautela.

— Jogue fora.

— Não. É da minha irmã. Vou levar comigo quando for embora — ela disse, cruzando os dedos secretamente e orando para conseguir voltar.

Havia um pequeno arbusto de lilás crescendo num caminho de luz do sol perto da porta de entrada. Estava florido, e as pesadas flores roxas caíam dos galhos e aromatizavam todo o ar em volta. Por alguma razão havia fotos e desenhos espetados em seu tronco. Elas tinham um lilás em seu jardim em casa, e algumas vezes sua mãe tirava uma flor e a colocava no painel do carro antes de sair. Por um instante a saudade de casa ameaçou arrasá-la. Então ela andou na ponta dos pés e pendurou o colar sobre o galho mais baixo. Ele tilintou ao vento.

— Tire daí — gritou Falcon, levantando-se com o corpo de um coelho em sua mão e pequenas gotas de sangue em sua bochecha branca. — É uma árvore de lembrança.

Ela olhou bem para as fotos novamente. A maioria era de grupos familiares, todos de cabelos brancos, todos belos como as estrelas.

— São os Elfos que foram levados para os campos?

Falcon acenou com raiva.

— Bem, minha irmã foi capturada por vocês, então pode ser pendurado aqui.

Ela encarou Falcon com a mesma rigidez que ele a encarava. Não desviaria o olhar. E, pela primeira vez, ela era a que encarava melhor. Gwen teria ficado orgulhosa.

Evan colocou a mão no ombro de Falcon.

— Deixe, Fal. Não será por muito tempo.

Relutante, o garoto se afastou para o lado, ela passou delicadamente ao largo do corpo ensanguentado e seguiu para a fortaleza. Parou.

— Venha — disse Evan, entrando pelo corredor pouco iluminado.

A escuridão penetrou em sua mente. Ela viu passagens seguindo em todas as direções, escuras e sinuosas, como se um minotauro fosse aparecer. Seu cabelo se arrepiou.

Queria não ter pensado em monstros.

Sentiu-se como uma criatura da floresta, uma das menores, não lobos ou cervos, mas aquelas cuja vida é regida pelo medo do ataque de predadores durante vinte e quatro horas por dia, aquelas que precisam estar sempre alerta.

Algo a estava seguindo na escuridão. Era pior do que o sentimento de ser observada na floresta. Era algo perigoso. Algo que zumbia como um milhão de abelhas assassinas irritadas.

Ela queria voar para fora, mas o tempo estava se esgotando. Precisa localizar Gwen e tirá-la dali. Sentiu sua pele ficar fria e gosmenta. Por um instante achou que estava prestes a ter um ataque de pânico. Já tivera dois antes, e eram aterrorizantes: toda a busca por ar e o sentimento de estar prestes a morrer e de que o mundo poderia cair em sua cabeça. Não, não podia surtar agora que chegara até ali. Era a última esperança de Gwen.

Pegou um chiclete no bolso e mascou um pedaço. O sabor de maçã verde explodiu em sua boca. Nell inspirou o aroma e foi como se Gwen estivesse ali perto dela.

Imediatamente algo tocou em seu braço. Ela olhou nos olhos de duas garotinhas. Estavam de mãos dadas como Oliver Twist. Realmente tinham se esforçado para parecerem adoráveis.

— Tem bala, garota humana? — perguntou a que tinha cachos brancos.

— Estamos com fome — falou a outra, que parecia um gatinho de cabelos brancos e olhos negros. — Somos apenas Elfinhas. Não temos doces.

Nell olhou para Evan, que balançava a cabeça para as garotas e tentava espantá-las.

— Podemos fazer mágica de fadas! — disse a primeira. — Vamos fazer para você.

— Vocês não fazem mágicas — falou Evan. — Agora sumam!

A expressão nos dois rostos mudou e elas se tornaram mordazes como suricatas.

— Fazemos sim.

— Não como você faz agora, Evan.

Ele fingiu rosnar para elas. E isso lhe rendeu caretas.

— Não é justo.

— Queremos bala.

— Aqui. Tomem — disse Nell, pegando novamente a caixa de chicletes.

Imediatamente as duas garotas voltaram a ser adoráveis.

— Amamos você, garota humana! — cantaram, de mãos dadas.

Jogou para elas dois pedaços. Uma das garotas pegou ambos e, por um momento, houve briga, como gatinhos disputando uma bola. Elas até rosnaram uma para a outra como gatinhos. Evan pegou uma em cada mão.

— Pixie, Fay, vão embora. Nos deixem em paz.

Dessa vez elas foram, pulando na escuridão, olhando para Evan o tempo todo.

— Oh, céus, elas são tão doces — disse Nell. Elas pareciam ter quebrado o encanto dela também. O que quer que a estivesse observando, não estava mais. — Imagino que na floresta não tenha chicletes.

— Não. É como ouro em pó por aqui. Você vai ver, os pequenos farão qualquer coisa por isso.

Mascando seu chiclete, ela o seguiu por um corredor que tinha paredes tecidas por galhos vivos como uma tapeçaria orgânica, mas alguma outra coisa a incomodava. Levou um tempo para perceber o que era. Estava tranquilo demais ali. Não ouvia sons histéricos ecoando pelos corredores, nenhum grito, nenhum berro, ninguém chorando ou fungando em alto e bom som.

Não ouvia Gwen.

— Onde está minha irmã? — ela perguntou apressadamente quando a escuridão tomou conta de sua cabeça e, ao longe, as abelhas zumbiam. E se fosse um truque? E se Gwen não estivesse ali? Seu coração disparou.

— Estou levando você até ela — disse Evan. Então, enrugou a testa como se pudesse ler a mente dela. — Você sabe que eu jamais a enganaria.

Nell acenou e o seguiu. Que outra escolha tinha?

Agora estava na sala.

Ali era onde os Elfos viviam suas vidas, ele lhe disse. Era grande, com paredes de pedra. Tocava música.

Mesmo sendo dia do lado de fora, era escuro ali, exceto pelos raios de sol que entravam bem lá de cima. Nas laterais, lanternas estavam acesas e penduradas em galhos. Uma enorme fogueira queimava no centro da sala. A fumaça subia espiralada e saía por um buraco no teto, que mais parecia uma copa de folhas do que um telhado. As chamas chamuscavam o piso frio e iluminavam o rosto das crianças que relaxavam ao redor.

Mais Elfos. Ela segurou a respiração. Talvez fossem os que ela vira entre as árvores na noite passada.

— Todos Rivers? — ela sussurrou.

— Primos. E primos de primos. E primos de primos de...

— Entendi.

Nenhum deles parecia mais velho que ela ou Evan. Tudo neles brilhava, do cabelo ao prateado e dourado de seus pescoços, orelhas e punhos. Havia uma aura em seus movimentos também, como se eles pudessem desaparecer assim que ela se virasse.

Alguns estavam sentados de um lado de uma mesa comprida de madeira, onde diversos cereais de café da manhã de seu mundo estavam postos. Alguns estavam sentados em sofás e pilhas de almofadas ao redor do fogo, ouvindo seus *iPods*, ou penteando os cabelos uns dos outros, ou deitados brincando com computadores portáteis.

Sua avó dissera que eles apenas pareciam humanos, mas para Nell não eram tão diferentes. Jogavam jogos como ela fazia. Estavam determinados a arruinar seus dentes comendo balas, assim como ela e Gwen. E, quando Evan a levou para o centro da sala e vinte pares de olhos negros, cheios de malícia, a olharam como se ela fosse algum tipo de criatura exótica, estavam agindo exatamente como a turma de Gwen fazia quando alguém novo aparecia. Mãos cobriram as bocas, os sussurros começaram e os olhares se tornaram dissimulados.

Ela se manteve perto de Evan. Será que agora, na frente dos Elfos, ele fingiria que mal a conhecia? E se ela dissesse que costumavam sentar e almoçar juntos?

— Cuidado, ela chuta — foi a única apresentação que ele fez de Nell.

Duas garotas vieram saltitantes até ele, mas, quando viram Nell, jogaram os longos cabelos para trás e se afastaram com os olhos cheios de desconfiança. Normalmente ela se sentiria magoada, mas agora não havia tempo. Não tinha tempo para se preocupar sobre o que pensavam dela, ou se diria a coisa certa. Havia agora, este momento, isso era tudo.

— Elas não gostam de mim — ela falou.

Evan acenou.

— Verdade. Mas ninguém vai machucar você, Nell. Não somos anjos. Mas os humanos também não o são.

O único que sorria alegremente para ela era Bean, o garotinho que estava na Vespa com Evan. Ele empurrava um brinquedo colorido e balbuciava alguma coisa para ela.

— Bean é irmão de Falcon — ele disse, tentando limpar o chocolate da boca do garotinho. — Os Observadores levaram seus pais, mas Falcon conseguiu fugir com Bean. Ele nem se lembra mais da mãe.

Bean balbuciou mais alguma coisa.

Evan traduziu.

— Ele viu você de cabelo longo. Quer saber para onde foi.

— Aquela era a antiga versão de mim mesma. Antes de conhecer os Elfos — ela disse a Bean. — Esta é a nova.

Ela colocou a mão no bolso para pegar um chiclete para ele, mas não deu tempo. Uma garota com longos cabelos platinados, escorridos como uma cachoeira, veio e pegou o garotinho de forma protetora, como se ele estivesse correndo perigo de ser atacado pela sórdida garota humana.

— Tudo bem, Lily, ela está comigo — disse Evan. — Tudo vai ficar bem.

A garota abraçou Bean, mas não parecia tão hostil. Nell ensaiou um sorriso para ela e seguiu Evan.

— Se não há adultos, quem toma conta de vocês? — ela perguntou.

Ele fez careta.

— Principalmente eu — ele admitiu. — Preciso ver se estão todos seguros. Preciso ver se comem frutas de vez em quando. Preciso fazê-los ir para cama antes da meia-noite.

Como se fosse uma prova disso, um garotinho correu até ele e disse:

— Eu quebrei de novo. — E lhe entregou um par de óculos com uma mão e as lentes com a outra. Ela viu Evan pegar uma pequena chave de fenda em seu bolso e prender as lentes de volta na armação. Parecia que havia feito isso muitas vezes.

— Mas você tem catorze anos — ela disse.

Ele deu de ombros novamente.

— Não há mais ninguém, Nell. — Entregou os óculos consertados para o garoto, que os colocou e foi embora. Então ele bateu palmas para chamar a atenção de todos. — O que há com vocês? — ele gritou. — Onde está a famosa hospitalidade dos Elfos? Temos uma convidada. — Ele olhou dentro de uma caixa perto de uma bancada de panelas enegrecidas.

— Quer alguma coisa para comer? — perguntou. — É um longo caminho de volta pela floresta.

Ela balançou a cabeça.

— Minha avó me contou histórias sobre as comidas de fadas. Quem aceita fica sob o poder delas.

Evan mostrou a ela um grande pacote de biscoitos.

— Não acho que esta marca de rosquinhas tenha uma linha encantada. Eu lhe disse, não comemos sempre amoras e coelhos caçados.

Ela olhou para o pacote. Sim, ela queria dizer a ele. Adoraria sentar ali, conversar e comer biscoitos. Qualquer coisa que a fizesse parar de pensar no que teria que fazer. Mas não podia.

— Não — disse. — Quero ver Gwen.

Ela não conseguiu falar mais nada porque, de repente, a paz da sala foi perturbada por rosnados e assovios. Ela se virou esperando ver uma briga de cão e gato, mas eram dois Elfos: um garoto e uma garota.

— Sky, Crystal... parem — disse Evan sem se virar.

Houve uma pausa.

— Ele comeu o último biscoito! — rosnou a garota. — Era meu. — Ela torceu o nariz e assoviou para ele, como um gato. Ele abriu os dentes e rosnou de volta.

— Meu!

— Gdask!

— F'rshak!

— Então garotas Elfas assoviam e garotos Elfos

rosnam? — Nell falou para Evan enquanto as crianças continuavam a cuspir insultos uma para a outra.

— Mais ou menos.

— Bafo de cão — assoviou a garotinha.

Dessa vez Evan se virou.

— Parem os dois. Vão colher frutas lá fora se estiverem com fome.

— Não podemos. Fen está lá fora com Thor — disse o garoto. — Ele está sendo malvado. Temos medo dele. Está procurando por você e está louco.

O sangue de Nell gelou. Se estava louco com seu próprio irmão, o que faria com ela?

— Ele está com Gwen? — ela sussurrou.

— Pare de se preocupar, eu sei onde ela está. — Ele começou a se afastar.

Ela agarrou a manga dele.

— Me diga. Vou até ela.

Ele se soltou.

— Não. Primeiro vou acalmar Fen. Prometo que não vai demorar — ele disse sobre o ombro. — Star... cuide dela!

— Não!

Tarde demais, ele tinha saído pela porta. Ótimo. Será que isso não terminaria nunca? Será que jamais veria sua irmã?

Ela cruzou os braços e olhou fixo para o fogo. Pelo menos, significava que não precisava ver todos os Elfos observando-a.

— Hum, talvez garotas humanas devessem ser mais cuidadosas — disse uma voz doce, porém hostil.

Ela se virou. Era a garota Elfa que vira na foto na casa da avó, com cabelos longos e tranças complicadas, que a perseguira pela névoa como um fantasma na noite passada. Não parecia um fantasma agora. Estava sentada de pernas cruzadas perto do fogo, num grande banco de madeira adornado com colchas e almofadas. Vestia-se toda de branco, com uma linha de pequenas tatuagens em seu braço fino. Brincos de prata no formato de luas e estrelas balançavam em suas orelhas, e correntes de prata brilhavam em seus punhos e pescoço. Estava amassando amoras secas e ervas num pilão. Uma caixa de madeira estava aberta à sua frente, cheia de garrafas e vidros.

Nell pensou que nunca vira alguém tão bonito. Se de repente ela abrisse um par de asas encantadas, Nell não ficaria surpresa.

— Você é um pouco mais nova do que eu imaginava.

Duas pequenas linhas apareceram entre as sobrancelhas de Star.

— E daí? Todos os outros doutores foram pegos pelos Observadores. E estou estudando bastante.

Ela pousou o pilão com um ligeiro baque.

— Conheço a língua das flores. Conheço os milhares de ervas básicas e onde encontrá-las. Posso fazer decocções[2] e poções... se alguém me ajudar a levantar o grande caldeirão de cobre. — Ela pegou uma garrafa da caixa e a balançou, então piscou para Nell. — Então, acho que posso cuidar de alguns arranhões.

— Desculpe. Não quis ofender — falou Nell rapidamente. — Não se preocupe com os arranhões. Não tenho tempo.

Star a ignorou.

— E posso misturar os dez elementos básicos, o que é incrível na minha idade. — Ela espiou a mão de Nell, torcendo o nariz. — Mas apenas se Lettie estiver aqui, porque não tenho permissão para usar fogo sozinha.

Alguma coisa se agitou na memória de Nell.

— Lettie?

A montanha de colchas empilhada no canto do sofá se mexeu, mostrando que cobriam uma pequena senhora.

— Sou eu, mocinha — ela disse. Seu cabelo era fino e branco como o de todos os Elfos, mas, em vez de negros, seus olhos eram azuis, e sua pele era escura e enrugada como uma maçã velha.

---

[2] Processo de extração dos princípios ativos de substância ou planta pela ação de líquido em ebulição.

Nell sentiu sua boca se abrir de perplexidade quando lembrou onde ouvira um nome similar.

— Você não é daqui — Nell arfou. — Você é Lettie. A garota vitoriana que foi sequestrada.

— Isso mesmo!

— Li sobre você no livro da minha avó.

A senhora parecia estranhamente feliz, mas o gelo correu pela espinha de Nell. Esse poderia ser o destino de Gwen se ela não conseguisse resgatá-la. Em cem anos, ela estaria assim, uma pequena senhora que perdera toda a vida aprisionada numa terra que não era a sua.

E você ficará assim também se não continuar!, sussurrou Hélène maliciosamente.

— Faz tempo que não vejo um humano, querida.

— Imagino. Foi uma prisioneira a vida toda — disse Nell de um jeito simpático. Mas isso apenas fez Lettie rir alegremente.

— Nunca fui sequestrada! — ela exclamou. — Metade das garotas não foi. Você devia dizer isso à sua avó... eu queria vir para cá. — Ela balançou a cabeça. — As noites que fiquei esperando! A busca que precisei fazer para encontrar a névoa.

Nell enrugou a testa.

— Você queria ser raptada? — perguntou lentamente.

O rosto de Lettie se abriu num sorriso maroto.

— Eu conheci um garoto Elfo, sabe. E queria vir. Esperamos por uma noite de tempestade apenas para manter as aparências, e então eu e meu namorado dançamos pela névoa. — Seu sorriso se mostrou triunfante. — Nunca senti falta de ninguém da minha família. Em especial do meu pai. Ele merecia. — A mão enrugada da mulher bateu no braço de Nell. — Minha mãe morreu quando eu era pequena e, por ser a única garota, tinha que fazer todo o serviço da casa e cozinhar para ele e para os meus irmãos. Ele me tirou da escola: ninguém se incomodou na época. Aquela era a minha vida, mas eu queria mais. — Ela olhou em volta. — E consegui, fico feliz em dizer.

— Mas você deve ter mais de cem anos agora — disse Nell boquiaberta.

— Na floresta, vivemos mais.

— Por causa do ar puro e falta de poluição?

Lettie deu um sorrisinho.

— Não, mocinha, porque a vida é muito mais excitante com os Elfos. A viagem, as festas, a diversão! E, se voltasse no tempo, faria exatamente o mesmo. Na minha época, garotas mal podiam fazer alguma coisa. Aqui, eu fui... — ela contou nos dedos — ... uma caçadora, uma guerreira, uma curandeira, uma casamenteira e uma rainha.

— Uma rainha? Mas você não é uma Elfa.

— Garotas que atravessam e vêm viver aqui são

consideradas Elfas — ela sorriu modestamente. — Fui uma boa rainha, até me cansar disso. Os reis e rainhas Elfos são como líderes de uma matilha de lobos. Podem governar, enquanto fizerem seu trabalho direito. Se não o fazem, são substituídos. Simples. Sem respeito, sem emprego — ela riu. — Nosso atual rei, o pai de Fen e de Evan, que sujeito! Podia fazer um lobo parar de atacar e segurar seus dentes! — ela riu sozinha. — Você deveria estar feliz em estar aqui. É um lugar e tanto.

— Não! — Isso estava errado. Nada poderia fazer o rapto de Gwen ser correto. — Algumas daquelas garotas não queriam vir para cá. Algumas delas teriam voltado para suas famílias.

Lettie se encostou e puxou as mantas sobre ela novamente.

— Diga isso aos Elfos e sabe o que aconteceria? Eles a olhariam com surpresa e diriam que estavam fazendo isso para ajudar as garotas. Que a vida delas aqui é muito melhor do que no mundo humano. Eles veem isso como uma libertação para as garotas. Acham que são abençoadas.

Antes que Nell pudesse responder, Star pegou sua mão e esfregou algo nela que picou como uma vespa.

— Espero que não tenha doído, garota humana — ela disse com uma voz inocente.

Ah, então esse é o seu jogo, pensou Nell. Ela piscou e deu um sorrisinho para Star. Os Elfos pareciam surpresos.

— Certo, experimente isto — ela disse sorridente. E pegou algumas folhas de um dos vidros, mastigou-as um pouco e as cuspiu na mão. Então, pressionou a gosma verde no maior arranhão de Nell. Ela não recuou.

— Uau — disse Star e pegou outra coisa de outro vidro.

— O que é isso, lesma seca? — perguntou Nell tão naturalmente quanto conseguiu. Realmente era o que parecia, mas Nell estava determinada a não deixar Star saber que odiava lesmas e vermes.

Star balançou a cabeça. Desenrolou um tubo escuro e espalhou o tecido delicado sobre a ferida.

— Não, pele de lagarta.

Eca, eca, eca, Nell disse silenciosamente. Mas manteve a expressão firme.

— Ótimo.

As sobrancelhas de Star se arquearam. Parecia ligeiramente impressionada. Era como se Nell tivesse passado num tipo de teste.

— Nada mal para uma garota humana — disse, guardando alguns dos vidros. — Pena que não foi você a ser raptada.

Nell gelou. Ela podia aguentar a pele de lagarta, mas não ia engolir aquilo.

— Ninguém deveria ser raptado! — disse. — É por isso que Gwen será libertada. Ela vai voltar para o mundo humano!

Suspiros ao redor. Nell não se dera conta de que os Elfos estavam escutando. Alguns deles bateram palmas de excitação.

— Ela vai? Então funcionou! — alguém gritou. — Os Observadores vão abrir os campos. O plano de Fen deu certo.

E foi o necessário para mudar o clima na sala. De repente, Nell se viu como centro das atenções. As garotas e garotos Elfos por perto se aproximaram, e outros mais vieram. No início ainda a olhavam de um jeito desconfiado e mantinham distância, mas suas expressões haviam mudado, deixaram de ser azedas e se tornaram muito mais amigáveis.

Apenas Star observava silenciosamente com a ponta de uma de suas tranças na boca.

Uma das garotinhas agarrou a mão de Nell animadamente.

— Agora gostamos de você, garota humana.

E, conforme os outros Elfos sorriam para ela, era como se o mundo deixasse de ser preto e branco e se tornasse colorido. Ela estava deslumbrada. Era por isso que os Elfos eram amados nos tempos antigos, pensou. Quando estavam felizes havia uma mágica neles. Eram como celebridades, brilhavam. Se ela não estivesse correndo contra o tempo e doente de preocupação por estar mentindo para eles, teria sido maravilhoso.

— Nunca gostamos de uma humana antes!

— Estávamos preocupados com o sequestro — confessou outro após olhar em volta e ver quem estava ouvindo. — Mas Fen disse que funcionaria. Agora teremos nossos pais de volta.

— Pensávamos que os humanos nos odiavam e nos queriam mortos.

— Nunca falamos com um antes.

— Se você vai ao cinema — disse Nell quando a cercaram —, precisa comprar os ingressos antes.

— Eles querem dizer que não fazemos amigos — falou Star, arrumando sua caixa de remédios. — Não nos conectamos.

Ela olhou nos olhos de Star.

— Talvez devessem. Não somos assim tão diferentes.

Star a olhou de forma pensativa, então alguém a cutucou no braço.

— Você já conheceu Fen?

A menção do nome de Fen fez todos ficarem quietos.

— Não, apenas Evan. — respondeu. Onde ele estava? Ela olhou para a porta, desejando que ele voltasse.

— Ele está me treinando para ser um guerreiro — disse um dos garotos mais velhos, que usava uma roupa de camuflagem.

— Estamos todos em dívida com ele — falou o garoto perto dele, vestido de forma idêntica, como se estivessem num exército particular. — Ele vai nos salvar a todos.

Nell franziu a testa.

— Quem? Evan?

— Não! — Os dois garotos se entreolharam. Esticaram os punhos para ela mostrando as pequenas tatuagens. — Fen, é claro. Ele é o lobo.

— Ah! — disse Nell. — Eu seguiria Evan se fosse vocês.

Star se inclinou perto dela.

— Para uma humana, você vê as coisas bem claramente — sussurrou a contragosto. — Cuidado. Algo está errado com Fen. Ele tem uma sombra em seu olho.

— Sim. Eu percebi nas fotos que vi dele — respondeu Nell. — Um olho brilha, o outro não.

Star acenou.

— Eu pesquisei mais de quinze ervas cruciais para remover aquilo, mas nenhum de nós consegue chegar perto dele — ela hesitou, como se fosse contra seus princípios abrir o coração para um humano. — Quando o encontrar, não o deixe zangado. A sombra também está em sua mente. — Então pegou sua caixa de remédios e se foi, como se jamais tivesse falado.

Do fundo da pilha de cobertores, a mão enrugada de Lettie agarrou a dela.

— Cuidado, mocinha — resmungou. — Ela está certa. Fen tem a escuridão dentro dele. É louco da cabeça.

— Não, não é. Ele é um combatente da liberdade. Um guerreiro — disse um dos garotos. — Está fazendo isso por nós.

O dedo da velha o cutucou.

— Ele é louco e mau, garanto!

Os Elfos olharam uns para os outros e começaram a rir e gritar novamente. Mas Nell pôde ouvir algo em suas vozes. Por trás da excitação, eles pareciam desesperados e um pouco assustados. *Bem-vindos ao clube*, ela pensou. Sua mão segurou o relógio de lua em seu bolso. Podia sentir o *tic-tac*, enquanto o solzinho chegava mais perto da nuvem.

Tempo, é tudo uma questão de tempo! Evan lhe dissera que estavam fora do tempo ali. Mas passar pela névoa depois do pôr do sol faria muito tempo recair sobre Gwen e ela poderia envelhecer em instantes.

Ela *precisava* voltar.

— Parem! — falou em voz alta. — Onde está Evan?

— Aqui.

Ele estava atrás dela, passando a mão pelos cabelos, tentando não parecer preocupado.

Star olhou para ele. Evan respondeu o olhar encolhendo os ombros.

— Não consegui encontrá-lo. Está escondido em algum lugar.

— Tente a toca dele — ela sussurrou. — Cuidado. Ele está furioso e batendo a cabeça. Está piorando.

Nell puxou a manga de Evan.

— Preciso ver Gwen agora — disse.

Ele acenou.

— Consegue escalar?

Ela olhou para seus pés enlameados.

— Me deixa ver... será que trouxe os saltos hoje?

Ele ia rir, mas parou.

— Um aviso. Não tente fazer nenhuma piada com Fen.

As escadas principais do palácio eram escavadas no tronco da árvore maciça que subia pelo centro da estrutura. Subia até onde Nell conseguia ver.

De vez em quando havia sacadas com vista para a floresta. Nelas estavam pequenos grupos de Elfos brincando ou construindo coisas com gravetos e varas. Ela viu duas garotinhas pulando alguma coisa e cantando algo que soava como uma versão Elfa da brincadeira que ela e Gwen costumavam fazer quando crianças. No andar seguinte, um grupo de garotos praticava atirar flechas da sacada. Perto deles havia duas garotas que pareciam estar cuidando de um zoológico de pequenas criaturas peludas. Em outro, um garoto estava sozinho, olhando fixo para a floresta, com um abutre-das-montanhas enorme pousado em seu braço.

Conforme passavam, alguns Elfos corriam até Evan e diziam coisas como "Fale com Storm! Ela não quer me dar o arco", ou "Evan, venha ver o que fizemos, você tem que vir!". Ou então se enroscavam em suas pernas como se ele fosse seu irmão favorito; Evan precisava soltá-los e dizer que voltaria depois.

Mesmo estando desesperada para ver Gwen, ela parava e observava enquanto ele cuidava dos outros. *Ele é diferente*, pensou. *Foi por isso que gostei dele*. A maior parte das pessoas quer estar no controle. Gwen controlava todos com seus ombros largos e regras. Church tinha seu distintivo e seus homens. Fen escurecera a cidade e raptava pessoas. Mas Evan fazia outra coisa. Ele cuidava de todos os que haviam sido deixados para trás. Os mantinha juntos e livres. Ele era o príncipe de pequenas coisas e ela queria abraçá-lo por causa disso.

Eles subiram cada vez mais alto. Evan ficou em silêncio. A cada degrau seu rosto se tornava mais e mais tenso. Os joelhos de Nell começaram a ficar moles como gelatina, e não apenas por causa da subida. Ela parou para tomar fôlego ao passar por outra sacada. Haviam subido tanto que podia ver como a floresta se estendia indefinidamente em todas as direções. Ao longe, conseguiu vislumbrar algumas das pontas das Harpas, pequenas como se fossem agulhas.

E logo o ouviu gritar:

— Anda! Você está quase no topo.

Ele subiu correndo mais um lance de escada e chegou a uma plataforma aberta, apoiada nos galhos fortes da enorme árvore central. Ele estava esperando por ela e estendeu a mão para ajudá-la a subir o último degrau.

— Esta é a toca de Fen. Não posso ajudá-la aqui — disse baixinho. — Ele não me ouve. Então cuide-se, Nell.

Ele parecia apavorado? Ela não tinha certeza, mas começou a tremer.

Acima deles, o céu tinha a mesma aparência estranha do céu noturno. Era um azul frio e brilhante, iluminado por um sol deslumbrante. Uma barra de proteção de aparência frágil, feita de tábuas de madeira, era tudo o que os impedia de cair na floresta abaixo. Ela olhou para baixo. Era como estar no deque de um barco navegando sobre um mar verde. Um navio de guerra, porque Fen fixara revólveres e rifles no entorno. Deveria ser tão ocupado quanto Falcon quando se tratava de caçar criaturas da floresta. Havia ossos espalhados, roídos por lobos. Peles de coelhos e outros animais estavam penduradas pelo guardil para secar ao sol, e havia uma pilha de peles num canto.

Gwen enlouqueceria. Ela detestava altura. Detestava coisas nojentas como peles ensanguentadas. Então, por que não a estava ouvindo gritar?

— Gwen? — ela chamou.

— Ela não vai responder. Está dormindo — disse Evan. Apontou para a pilha de peles.

Nell correu para lá. Gwen estava deitada encolhida, com seu maravilhoso cabelo espalhado como um leque e uma atadura ensanguentada em seu pescoço. Parecia a Dama de Shalott[3], pronta para flutuar rio abaixo. Parecia a Bela Adormecida, ou Branca de Neve, esperando por seu príncipe.

É claro que estava, pensou Nell quando pegou a mão macia da irmã. Qualquer um estaria com os olhos vermelhos, os cabelos embaraçados e o

[3] Referência a um poema do autor inglês Alfred Tennyson (1809-1892).

nariz escorrendo, mas não, Gwen apenas parecia assombrosamente bela e triste.

Nell conseguira. Ali estava sua irmã, ainda respirando. Agachou-se no chão.

— Acorde — sussurrou.

— Ela não pode ouvir você — disse Evan atrás dela.

— O que fizeram com ela? — perguntou, assustada. — Deram-lhe alguma droga?

— Não. Fen a enfeitiçou. — Ele levantou as mãos quando Nell ficou de pé furiosa. — Não é perigoso. É um sono encantado. Ela está sonhando que ainda está em sua festa de aniversário. Não se lembrará de nada quando voltar para o seu mundo.

Mas isso não ajudava Nell. Como poderia raptar sua própria irmã se ela estava dormindo profundamente?

— Acorde-a — falou, batendo no rosto de Gwen na tentativa de conseguir alguma reação dela. Mas nada aconteceu.

— Não posso. Fen diz que ela tem que ficar dormindo.

Nell queria gritar.

— O tempo está se esgotando — disse. — Você precisa acordá-la. Não podemos levá-la para Church se estiver dormindo!

— Eu sei. Mas ele precisa fazer isso.

Ela olhou em volta.

— Certo, onde ele está?

Evan não teve tempo de responder. Alguém subia correndo as escadas, alguém que trazia o som de abelhas zangadas consigo. O zumbido veio pelo parapeito em sua direção e a atingiu no estômago, quase jogando-a longe. Ela se preparou. Suas mãos agarraram o guardil.

Era Fen, vindo atrás dela.

Quinze

Nell queria cair de joelhos e bater com as mãos nas orelhas. Queria correr do som antes que entrasse em sua cabeça e a levasse à loucura.

Seu professor de artes marciais dissera que algumas pessoas têm mais *chi* que outras, uma força vital que podia ser sentida como um vento forte atingindo você no estômago. Fen tinha um *chi* poderoso, mas estava por todo o lugar. Ela podia sentir o caos fluindo dele.

Ele emergiu das sombras e andou na direção dela; era assustadoramente alto. Ela queria recuar, mas grudara seus pés no chão. Vira-o como uma sombra no bosque, agora ele estava ali, com a luz do sol o iluminando e banhando em ouro. Era como se fosse a estrela da capa de uma revista sobre pessoas briguentas, porém legais.

— Belo como a luz das estrelas, feroz como lobos, frio como gelo — ela murmurou.

— Sim, alguns de nós brilham mais do que outros — disse Evan sobre o ombro de Nell, de uma forma que soava como a antiga voz dele.

— Eu estava achando que ele era mais frio.

Certamente Gwen se apaixonaria por ele se estivesse acordada. Mas era um tipo cruel de beleza. Seus olhos eram completamente negros como os de um bull terrier. Havia sombras escuras ao redor deles, como se estivesse doente. E, quando ele chegou mais perto, ela pôde ver que sua pele não era como a de Evan, translúcida como porcelana, mas opaca como giz. Thor estava a seus pés, os olhos frios azuis dele se fixaram nela. Eram parecidos, o lobo e o Elfo, ambos predadores, sorrindo o sorriso especial daqueles que sabem que a presa já está sob suas patas.

— Quem é ela? — perguntou, mostrando os brancos dentes afiados, como os de Thor. — Você pegou uma garota humana?

— O quê? Como você faz? — disse Nell sem pensar. Pelo canto do olho viu Evan lhe dar um olhar de alerta.

— Atrevida também — comentou Fen. — É melhor dizer a ela para tomar cuidado com o que diz.

Evan mexia os pés desconfortavelmente.

— Pare, Fen. Ela é a irmã mais nova de Gwen.

Ele ergueu uma sobrancelha.

— Ah, essa é a que eu não devia raptar. Bem, irmãozinho, é toda sua... — sorriu maliciosamente. — Mais tarde. Primeiro preciso dela.

— O que isso significa? — perguntou Nell.

— Significa que agora tenho dois reféns — ele lambeu os lábios. — Diversão em dose dupla. Sofrimento em dobro para Church.

— Não! — Nell recuou, mas Fen deu um assovio curto e Thor se aproximou, por trás dela. Ela podia sentir a respiração quente do lobo em suas pernas, seus dentes preparados para morder.

— Você é mais silenciosa do que ela. Precisei encantar sua irmã antes que me vencesse com seus gritos.

— Pare — pediu Evan. — Nell está aqui com notícias boas. Os Observadores vão libertar os Elfos. Primeiro temos que devolver Gwen.

— Temos? — ele disse. — Talvez eu tenha mudado de ideia.

Ele começou a andar ao redor de Nell, seguido por Thor.

— Você não pode fazer isso — ela falou, girando para manter os dois à vista.

Fen riu de um jeito estranho.

— Você percebe como sou poderoso? Sua avó é louca se pensa que pode me derrotar.

Não, você é que é louco, pensou Nell.

Por um instante ele parou e piscou como se uma dor súbita houvesse penetrado seu olho. Ele o esfregou. Balançou a cabeça, xingando, então bateu forte em seu olho com o canto da mão e rugiu como um touro em perigo. Tanto ela quanto Evan recuaram. Era como estar perto de um animal selvagem ferido. Era tão imprevisível!

— Fen... você está bem? — perguntou Evan.

— Cale-se! — Fen rosnou. — Minha cabeça dói. Não preciso de você lamentando o tempo todo.

Ele piscou e pareceu reaver seu foco. Era todo em Nell. Ele estalou os dedos no rosto dela e uma faísca brilhou entre eles.

— Não vou trazer Ragnarok. Eu sou Ragnarok. Posso controlar a eletricidade agora. Posso guardá-la, cortá-la, fazê-la fluir onde eu quiser... como mágica. Seus líderes estão certos em terem medo de nós. Apenas queríamos dividir. Agora podemos governar o mundo... ou acabar com vocês.

Ele recomeçou a andar em círculos. Nell acompanhou, mantendo-o à vista.

— Grande coisa. Qualquer um com uma bomba nuclear pode fazer isso, mas não fazem.

Ele não estava ouvindo. Ela pressentiu que Fen não ouvia ninguém havia muito tempo.

— Sou como um dos Vanir! — ele se gabou. — Como um deus dos tempos antigos.

Ela olhou para Evan. Ele estava fincado no lugar, olhando fixo para Fen com os olhos arregalados como os de uma criança que vira algo terrível.

— Ouvi você contando a história do Elfo-Rei que teve seu filho roubado — disse Fen. — Agora eu sou o Elfo-Rei.

Evan pareceu engasgar.

— Você não é o rei, papai ainda é. Você não pode assumir o controle, não é assim que funciona. Precisa ser eleito.

Fen virou-se para o irmão.

— Eu sou o rei — disse de forma brutal. Então voltou a circundar Nell. Seu dedo apontava para ela. — Vocês nos roubaram o mundo. Agora vou tomá-lo de volta. Vou salvar os Elfos.

Nell manteve os olhos sobre ele.

— A mim parece que é Evan quem está salvando os Elfos, não você.

Um canto de sua boca levantou, como um lobo.

— Limpar o nariz de Bean não vai mais salvar você.

— Você apenas quer guerra. É tão ruim quanto os humanos que querem matar você.

Ele se virou e armou o punho, mirando nela. Nell fechou os olhos e esperou pela dor. Houve um grande barulho. Ela abriu os olhos. O punho dele havia atingido a parede de madeira a alguns centímetros do rosto de Nell.

Ela ouviu Evan respirar fundo, mas Fen explodiu em risos.

— Não se preocupe. Eu não acertaria esse rostinho humano bonito. Embora você não seja páreo para sua irmã. Ela é um assombro.

— Se quer me deixar com ciúmes de Gwen, não se incomode — Nell disse friamente. — Essa é velha. E, de qualquer forma, Paige e Bria são muito melhores nisso. É coisa de garota.

Ele esmurrou a parede novamente, mais perto do rosto dela.

— E essa é a resposta de um garoto.

— E a resposta de um implicante — ela murmurou.

— Nell, por favor, cale-se — disse Evan sem fôlego.

— Por quê? — ela falou. — Nunca fiz nada para machucar ninguém. Sou jovem demais. Então por que ele está descontando em mim?

— Esta é a minha toca — respondeu Fen. — Você não me desafia.

Ele a agarrou, puxou pela plataforma e a jogou contra o frágil guardil. A queda aterrorizante estava a centímetros de seus pés.

— Evan falou demais? Contou que nossa terra está morrendo?

Pelo canto do olho ela pôde ver Evan, sem conseguir ir em sua direção, as mãos dele para cima, como se estivesse pensando numa forma de resgatá-la. Então Fen colocou a mão na nuca de Nell, forçando-a a olhar para a floresta. Ele apontou o dedo para o horizonte.

— Vê lá longe? É onde fica o lago gelado. E no centro está a Mãe Harpa que faz todas as outras tocarem.

Ela apertou os olhos em direção ao horizonte. Uma nuvem negra se espalhara como se alguém tivesse desenhado uma linha pelo céu. Parecia como o início de um hematoma que se alastrava.

— A música está se acabando. A terra está começando a se contorcer. E agora temos tempestades. Elas vêm à tarde, antes do pôr do sol, lá da escuridão do lago. — Ele apontou para a mancha crescente no céu. — Aquela é uma delas, vindo em nossa direção.

O coração de Nell apertou. Ela não apenas teria que resgatar Gwen, como teria que levá-la de volta pela floresta durante uma tempestade.

— Consegue sentir? — perguntou Fen. Por um instante sua cabeça girou e ela ficou tonta. — É a pressão caindo — ele explicou. Fungava o ar como um lobo. — Hoje será uma das grandes.

— Fen, me ouça — disse Evan desesperadamente, chegando mais perto com as mãos para cima como se mostrasse ao seu irmão que não ia lhe fazer mal. — Os Observadores concordaram. Levamos Gwen pela névoa e eles farão a troca. Estão abrindo os campos e libertando os Elfos.

Fen deu uma risada de escárnio. Soltou Nell, segurou o irmão pela camisa e o puxou para perto. Encarou-o por alguns segundos, então mexeu em seu cabelo como se fosse uma criança de três anos de idade.

— Irmão — disse, mostrando desapontamento em sua voz. — Quando você ficará mais esperto? Foi enganado por um humano. Ela está mentindo. — Ele virou a cabeça e rosnou rapidamente para Nell. — Não há acordo com os Observadores. Como poderia haver?

Evan balançou a cabeça.

— Você está errado.

— Não! — Fen deu um soco em seu braço. — Ela está mentindo.

Evan estremeceu, mas ficou em silêncio. Olhou para Nell.

— Ele está errado, não é? — disse entre dentes. — Conte a ele!

Ela não conseguiu falar. Não conseguia olhar para ele. Sentiu como se o chão tivesse fugido.

— Nell, diga a ele que é verdade!

Ela se forçou a olhar secamente para ele.

— É claro que é verdade. Minha avó prometeu. Fen está errado.

Mas a voz dela estava trêmula, e Evan a olhou chocado e balançou a cabeça.

— Ele não está — disse lentamente, quando a verdade se mostrou. — Conheço você, Nell. Ele está certo. Você está mentindo.

— Não, eu... — começou indefesa, mal sabendo o que falar.

— Mas eu confiei em você.

— Confiou num humano! — Fen deu uma gargalhada triunfante, como um galo cantando. Evan xingou e virou-se para Fen.

— Cale-se! Você sabia quando pegou Gwen que não ia funcionar! O tempo todo você tinha intenção de mantê-la. Por quê?

Os lábios de Fen se retorceram novamente.

— Sofrimento. É o que eu quero para a família dela. Como o sofrimento que causaram à nossa. — Ele empurrou Evan para longe, então virou-se para Nell. — Agora será enfeitiçada também. Isso vai calar você.

O barulho das abelhas começou novamente, pior do que antes. Era como um milhão de abelhas assassinas, todas zangadas, zumbindo dentro de sua cabeça, até ela sentir que ia explodir. Ela bateu nas orelhas com as mãos, mas não adiantou.

— Pare, por favor! — ela gritou.

Em meio ao terrível barulho, ela ouviu Evan gritar.

— Esqueça, Fen!

Então, o irmão foi contra ele novamente.

— Aprenda! — gritou. — Aprenda a ser forte como eu. Lembre-se de que odiamos humanos.

Evan se agachou com os olhos em chamas. Ela viu seu lábio superior se torcer, e então ele começou a rosnar e assoviar para o irmão. Fen se agachou e rosnou de volta. Eram como um lobo e um filhote em meio a um impasse.

— Você sabia que os Observadores não concordariam — rosnou Evan. — Por que mentiu para mim?

Fen rosnou de volta e por alguns segundos circundaram um ao outro. Fen fez um movimento rápido e Evan rodopiou contra a proteção frágil, quebrando-a e escorregando na beirada.

Nell gritou. No último instante, a mão dele agarrou a cerca quebrada, então a outra conseguiu evitar a queda. Fen nem mesmo se incomodou em ver se ele estava bem. Voltou-se para ela e começou a sussurrar palavras. Soavam como algo que uma abelha diria se soubesse falar. Seria a linguagem élfica ou algo mágico? Ela tentou ouvir, se concentrar. Mas havia um círculo negro difuso crescendo em torno de sua visão. O mundo começou a oscilar e se distanciar. Ela ia desmaiar.

— Não! — Ela bateu com as mãos nas orelhas. — Pare! — Seus joelhos começaram a tremer.

Se ele a enfeitiçasse, ficariam ali para sempre. Ela e Gwen ficariam presas numa terra que poderia não durar.

Lettie escolheu ficar porque odiava sua vida, pensou Nell freneticamente. Mas eu gosto da minha. Gosto. Costumava achar que era uma droga, mas gosto dela. Quero desrespeitar a turma de Gwen novamente. Quero ver o queixo de Bria cair e Paige com cara de idiota apenas porque eu respondi. Quero andar por aí sabendo que elas não têm poder para me ferir de jeito algum. Elas são como inimigas de papel. Posso soprá-las para longe com um pouco de força. Quero sentar na mesa de almoço delas e ocupar o lugar, e não sair quando mandarem. E, quem sabe, convidar alguns desafetos e perdedores para sentar comigo.

Conforme seus olhos embaçavam, ela viu Evan voltando. Ele olhava horrorizado para ela e para Fen. Sentiu suas pernas amolecerem, mas lutou contra aquilo por uns instantes. Então alguma coisa bateu na sua cabeça. Uma escuridão invadiu seus olhos, e a última coisa que viu foram as mãos de Evan se esticando e a pegando enquanto ela caía na escuridão.

Dezesseis

A bochecha de Nell estava contra algo macio. Parecia uma pele de ovelha. Era reconfortante como ser um bebê novamente e estar embrulhada para ficar quentinha, mas aquilo não fez passar sua dor de cabeça. Era como o Natal anterior, quando Gwen batizou sua Coca com vodca e Nell precisou ser levada para a cama. Ficou quieta até passar.

— Gsak, ma'forshlan orl kana. Gsak, ma'forshlan orl kana.

Alguém sussurrava. Ela manteve os olhos fechados. O que quer que fosse, soava como as palavras que Fen usara para colocá-la para dormir, mas essas estavam sendo ditas gentilmente, não com raiva. E não era a voz de Fen, era a de Evan.

Ele a estava tirando do encantamento.

Ela ouviu cuidadosamente. Era uma frase repetida diversas vezes, palavras estranhas que soavam como se alguém estivesse mastigando lâminas de barbear. Ela as deixou inundar sua mente meio acordada.

A voz parou.

— Eu sei que você está acordada.

Ela continuou quieta.

— E já estava acordada nas últimas três vezes que eu disse o feitiço de desencanto — ele continuou sem emoção. — Sua mãe tem esse problema com você de manhã?

— Sim.

Nell abriu os olhos. O mundo consistia de um céu torcido e o rosto de Evan. Se Nell achava que ele era pálido antes, agora seu rosto era branco como a neve. Ela segurou a cabeça e se sentou. Ainda estava na plataforma no alto da floresta. Gwen estava deitada nas peles, fazendo seu papel de Bela Adormecida.

— Desculpe — ela disse. — Por enganar você.

Seus olhos estavam frios.

— Você sempre se desculpa.

— Você teria mentido para resgatar Bean ou Star de nós.

— Sim, eu teria. É o que os Elfos fazem. Mentimos para os humanos. Mas pensei que você e eu fôssemos diferentes.

Ele se virou e ela viu um nódulo inchado em sua face. Já estava um pouco azul e verde.

— Ai. Fen acertou você?

Ele colocou a mão sobre o hematoma.

— Não importa — disse rapidamente. Então deu um rosnado exasperado e falou. — Não entendo, Nell. Você mentiu para mim para chegar até Gwen... e então? Você ia roubá-la e voar de volta pela névoa?

— Sim.

— Isso é loucura.

— Com certeza.

Ele levantou as mãos em desespero.

— Por que você teve que ser tão corajosa? Por que não podia aceitar que algumas coisas têm que acontecer? — Ele ficou de pé.

Ela se arrastou até ele.

— Onde está Fen?

— Saiu com Thor. — Ele se dirigiu para as escadas. — Você precisa correr. Vou levá-la de volta para a névoa. Vamos flutuar.

Ela esqueceu a dor de cabeça como se o alívio a tivesse lavado. Então ainda havia tempo.

— Obrigada! Acorde Gwen e nós vamos.

Ele voltou.

— Não. Gwen não. Você — disse.

Nell olhou para ele boquiaberta de horror.

— Mas não posso ir embora sem minha irmã, Evan.

Ele agarrou a mão dela.

— É isso ou nada. Ele vai voltar logo. — Seu aperto ficou mais forte. — Acredite em mim. Você não tem muito tempo. É tarde demais para Gwen.

— Não, ainda não está escuro. — Nell soltou a mão. — Vocês não têm direito de ficar com ela!

— Você viu Fen. Viu como ele está agindo — falou. — Que chance eu tenho?

Ele se virou com raiva, ficou parado perto do parapeito e olhou para a floresta. Tinha razão, estava ficando tarde. O sol havia ido embora e a mancha púrpura da tempestade cobria metade do céu e vinha em direção a eles tão rapidamente que Nell podia vê-la comendo o azul.

Ela foi até ele, seus cabelos voando com o súbito vento frio. Onde as mãos deles encostavam no guardil, pequenas fagulhas de estática estalaram. Havia trovões e relâmpagos no ar.

— Sei que você me odeia agora, mas por favor! — ela disse entre dentes. — Preciso tentar salvar nós duas.

Ele balançou a cabeça.

— Tenho de manter os outros em segurança. Fen vai enlouquecer se eu levar Gwen de volta. Não sei o que ele faria se pensasse que o traímos.

— Ele está paranoico.

Evan deu uma gargalhada estranha.

— Estamos todos paranoicos. De um lado temos as tempestades; do outro, os humanos e os Observadores. Estamos presos e assustados.

Nell virou de costas para a tempestade para não vê-la se aproximando.

— Mas isso não é culpa de Gwen.

Evan encolheu os ombros. Pequenas fagulhas iluminaram seu cabelo.

— Ele nunca foi assim, Nell. Era meu irmão mais velho, cuidava de mim. Eu o achava incrível. Então, quando nossos pais foram capturados, ele mudou. Não conseguia dormir. Eu costumava ouvi-lo andando por aí a noite toda, para cima e para baixo, murmurando para si mesmo. Começou a dizer que sentia as tempestades chegando e se mudou aqui para cima. Dizia que falavam com ele na voz de Gaia.

— Quem é Gaia?

— Deusa de todos os mundos.

— Humanos também ouvem vozes. O que Gaia dizia para ele fazer?

— Para trazer Ragnarok para o mundo. Caos. Colocar o mundo a seus pés e então reivindicá-lo para os Elfos. Depois disso parou de cuidar de nós e começou a atacar as estações de energia.

Sem pensar, ele estava com os dedos abertos, deixando as fagulhas brilharem entre eles.

— Voltei um dia e ele estava falando muito rápido, bem no meu rosto — continuou tristemente. — Me dizendo que sabia como abrir os campos de ferro. Me falou do rapto. Nos convenceu de que os Observadores teriam que ceder.

— Vocês acreditaram nele?

— Quem mais nós temos? Apenas Fen.

Nell tocou o braço dele e uma pequena fagulha de estática estalou.

— Tem você. Você está salvando os Elfos aqui, não Fen. Você está cuidando de todos os outros e deixando as crianças felizes. Dando voltas com Bean na sua *scooter*.

— Já ouviu aquela criança chorar? — ele disse tentando fazer piada. — Poderia acordar os mortos. É claro que gosto dele.

— É melhor que provocar o caos, como Fen.

Ele olhou fixo para a tempestade.

— Fen pensa grande. Eu penso pequeno.

Nell não desistiria.

— Minha mãe é uma policial. Ela vai às escolas e conversa com garotos antes que tenham a chance de fazer coisas ruins. Mas meu pai está no DIC. Lá no Departamento, eles travam uma guerra contra o crime, pegam o carro e perseguem criminosos, e derrubam portas, todas as coisas excitantes. A questão é: acho que o jeito de a minha mãe trabalhar funciona melhor.

Ela parou, quase não sendo mais capaz de ouvir o que estava falando. Em volta deles, a grande árvore mutante começara a crepitar e rosnar de forma alarmante.

— A tempestade está chegando. É das grandes — disse Evan. — Posso levar você de volta. Apenas você — ele olhou para Gwen, o rosto dele inexpressivo como uma máscara. — O que está feito, está feito. Lamento.

— Não. — Ela segurou a mão dele dessa vez. — Por favor, ajude nós duas a fugir.

Ele se soltou.

— Ele iria perseguir vocês duas e trazê-las de volta.

— Eu sei que se importa — ela implorou. — Você vinha para a escola, ficava, andava comigo, não precisava.

— Eu sei.

— E você me avisou.

— Estava tentando fazer com que as coisas não dessem tão errado. — Ele riu. — Foi a primeira vez que eu falei com uma humana — seu cabelo bateu no rosto. — Vi você observando Gwen. Primeiro pensei que tinha ciúmes dela, então vi que estava tomando conta para ela não ir longe demais, para que não se tornasse alguém que machuca os outros de verdade, em vez de apenas mandar neles e fazer joguinhos psicológicos.

— Sim.

— A mesma coisa com Fen. Só que não posso detê-lo, então vou e faço os cortes de energia de um jeito que ninguém se machuque. — Os olhos deles se encontraram. — Mas não posso deter isso. Ninguém segura Fen.

Ela bateu com o punho no guardil, assustando os dois.

— Pensei que você ia ser um amigo. Sinceramente. Pensei que iríamos rir das mesmas coisas. Dois estranhos juntos.

Ele olhou para ela.

— Nós éramos. Só que eu não sou humano. E somos inimigos. Um problemão.

— Quem disse? Uma história idiota de tanto tempo atrás, sobre um casal que se separou e brigou pela custódia de uma criança? Caramba, há toneladas de casos como esse em volta. Ninguém ganha, muito menos a criança. — O punho dela bateu novamente. — Não. Diga a seu irmão que isso é estupidez. Fim do problema.

— Ele diz que isso é guerra, e guerras têm baixas. Diz que é pelo bem maior.

— É o que os Observadores falam. É estupidez!

Mas ele não olharia mais para ela.

— Eu só queria ver minha irmãzinha antes que ela me esquecesse — falou baixinho.

— Se eu sair, juro que conseguirei a localização dos campos. Então vocês podem libertá-los. Sou boa. Herdei isso do papai e da vovó. Tenho cérebro de detetive, posso descobrir. Serei sua informante.

— Desculpe. Não posso.

Ela perdera, mas ainda assim não podia desistir. Havia uma última chance, e ela precisava tentar. Ela fingiu que o vento a tinha empurrado e agarrou o guardil.

— Qual o problema?

Ela se agachou.

— Sinto que vou desmaiar.

Ele ajoelhou ao seu lado.

— É a tempestade. Suga o oxigênio do ar.

Ela manteve a cabeça baixa para o caso de ele perceber, como Fen, quando ela mentia.

— Preciso de um copo de água.

Ele olhou para uma caixa térmica num canto.

— Fen mantém latas de refrigerante aqui. Água é só lá embaixo.

— Não posso beber coisas gasosas. Sou alérgica. Água — ela disse mostrando fraqueza.

Ele acenou. Quando desapareceu escada abaixo, ela sentou. Tirou o relógio de lua do bolso. O pequeno sol estava muito baixo, bem perto da nuvem.

Precisava acordar Gwen imediatamente.

Dezessete

— Gsak, ma'forshlan orl kana.

Nada aconteceu.

— Gsak ma'forshlan orl kana — ela sussurrou novamente.

Olhou o rosto de Gwen. Nada. Olhou em volta. Evan ainda não havia voltado. Tinha algum tempo.

Tentou de novo. Ia conseguir. Tinha ouvido para palavras. Algumas pessoas tinham ouvido para música e podiam repetir uma melodia perfeitamente após ouvir apenas uma vez. Ela podia recitar todo um poema após uma leitura. No passado, maldizia sua memória porque a fazia lembrar todas as discussões entre ela e suas ditas amigas, então as revia diversas vezes na cabeça durante a noite quando não conseguia dormir.

Agora, que precisava, não conseguiria fazer direito.

Tentou mais uma vez, sussurrando as palavras

élficas para acordar. Nada aconteceu. Sentou-se sobre os calcanhares. As palavras estavam corretas, ela tinha certeza, talvez fosse como chinês. Na China era possível dizer a mesma palavra numa voz alta ou baixa, e teria significados diferentes: eles cantavam seu idioma. Tudo nos Elfos era musical. Evan parecia estar meio cantando quando a tirou do encantamento.

Tentou novamente. Cantou as palavras dessa vez.

Gwen se mexeu. Rapidamente, Nell cantou de novo. Gwen se sentou e esfregou os olhos. Parecia uma princesa sonolenta com humor muito instável.

— Eu caí no sono? — rosnou. Colocou a mão na cabeça. — O que eu bebi? Minha cabeça está martelando!

Nell segurou a mão dela e a colocou de pé.

— Vai passar logo. Mas precisamos correr... agora!

Gwen começara a parecer perplexa e mal-humorada.

— Quem desligou a música? Onde está Jake? — Ela olhou em volta com os olhos arregalados. — Onde está a minha festa? — gritou.

— O guarda veio, precisamos nos esconder — disse Nell desesperadamente, entrando no jogo. Tentou puxá-la para as escadas principais, mas Gwen não se mexeu. Para alguém que passara toda a vida beliscando a comida para caber em suas roupas apertadas, era um peso morto quando queria.

— Ah, claro. Eu lembro, eu acho — ela murmurou. Passou os braços pelo pescoço de Nell, quase a sufocando. — Ah, querida, você está tentando me salvar do guarda! Pode esperar, sempre que quiser esticar o cabelo...

Uma pós-enfeitiçada Gwen era mais problemática do que uma Gwen bêbada, concluiu Nell enquanto tentava levá-la pela plataforma na direção certa.

— Sim, obrigada — disse rapidamente. — Mas a questão é que eu vi que Jake saiu com Becca. É melhor irmos procurar por eles.

Gwen parou e se alterou.

— Becca? Eu sabia! Que piranha! — Olhou em volta. — Para onde eles foram?

Nell respirou aliviada e puxou-a para as escadas.

— Estão lá embaixo. Melhor nos apressarmos. Ele estava beijando Becca.

Mas as pernas de Gwen pareciam moles.

— Aqui, coloque seu braço em meu ombro — disse Nell, colocando seu próprio braço ao redor da cintura da irmã. — Você está um lixo.

Juntas, meio caindo, meio andando, desceram os degraus.

Gwen levantou um braço fraco.

— Uau, hora da festa! — murmurou.

— *Shhh*. Não deixe o guarda ouvir, ou ele vai contar para mamãe. Ela vai pirar.

Nell olhava cheia de medo para cada sacada aonde chegavam, mas até agora ninguém parecia percebê-las. Mais um lance e elas estariam de novo no chão. De repente os joelhos de Gwen cederam e ela caiu para a frente. Nell a pegou e cambaleou com o peso.

— Gwen! Gwen! — sussurrou. Mas, como isso não funcionou, deu um tapa no rosto da irmã.

Gwen piscou.

— Eu caí no sono? — disse vagamente.

— Sim, e agora precisamos correr para encontrar Jake, antes que Becca saia com ele.

Elas deslizaram o resto do caminho até o chão e então, de mãos dadas, correram pelo labirinto de corredores escuros.

— Que lugar é este? — gaguejou Gwen.

Nell não teve chance de responder. Dois garotos apareceram de repente em seu caminho: os mesmos dois que disseram que Fen os estava ensinando a serem guerreiros. Bloqueavam a passagem para o fio de luz onde ficava a porta e a liberdade. Estavam ambos com roupas de camuflagem, como Falcon, e um segurava um arco, mas não estava caçando coelhos desta vez. Apontava para elas.

— O que está acontecendo? — perguntou.

O outro olhou para Gwen.

— Fen acordou a humana?

— Minha irmã, você quer dizer? — falou Nell, sentindo a raiva começar a subir. Não seria detida por dois garotos de dez anos agora. — Sim, ele acordou, então saiam.

Os garotos continuaram onde estavam. Seus rostos se fecharam, os olhos brilhantes e ilegíveis.

— Melhor perguntar a ele — disse o que estava com o arco.

— Eu vou. Mantenha as duas aqui — disse o outro.

Desesperadamente, Nell colocou a mão no bolso.

— Quer chiclete? — esticou o pacote. O garoto que havia saído voltou.

— Não, vá até Fen — falou o amigo, ainda com o arco apontado para elas. — Eu cubro.

— Não. Vai você.

Mas acabou que nenhum dos dois estava indo a lugar algum. Houve uma lufada de ar e uma figura branca surgiu entre eles como uma aparição. Era Star. Num instante não estava lá, e, no seguinte, estava, calmamente com a ponta de uma das tranças na boca.

O coração de Nell apertou. E agora? Ela dificilmente seria a pessoa preferida de Star. A garota Elfa olhava fixo para ela e Gwen, como se estivesse decidindo alguma coisa. Então cutucou os dois garotos.

— Rex, Bran, vão embora.

Nell segurou a respiração. Um garoto começou a rosnar, o outro grunhiu mostrando os dentes.

— Não. Você não pode nos dizer o que fazer, Star. Algo está acontecendo com as humanas.

— Vou contar a Fen — disse o outro.

Moveu-se, mas não chegou longe. Star o impediu. Ela fez um voo sem esforço, como um gato, e de alguma forma acabou atrás dos dois garotos, agarrando-os pelo colarinho. Então o nariz dela torceu, e de repente não parecia uma garota doce. Seus olhos se apertaram, seu rosto se fechou e ela se transformou num gato selvagem.

— Vocês não vão a lugar algum — rosnou. — Dê o chiclete a eles — falou para Nell.

Nell obedeceu. Os dois garotos o pegaram e então Star os colocou na direção da sala onde o resto dos Elfos brincava e conversava, e de onde o cheiro de carne assada estava vindo.

Como eles não se mexeram, ela bateu o pé.

— Vão! — ordenou.

Os dois garotos recuaram com seu prêmio. Ela ficou olhando para eles enquanto saíam, e então gritou:

— Ei, Rex e Bran têm chiclete. E não querem dividir!

Imediatamente houve um alvoroço na sala.

Quando Star se voltou, era a Pequena Dama Perfeita de novo, embora seus olhos ainda brilhassem e o sorriso estivesse ligeiramente malicioso, como o de um gato. Ela esfregou uma trança pela bochecha, pensativa.

— Sei o que estão fazendo — falou. — E acho que estão certas. Fen está doente. Um dia vou curá-lo. Eu sei como, mas não consigo chegar perto dele. — Ela olhou para Nell. — Talvez eu tenha julgado mal alguns humanos. — Houve um barulho no corredor atrás delas. Uma Elfinha vinha em sua direção, reclamando que não conseguira chiclete. Star se virou para Nell, mais apressada agora.

— Corra — disse. — Talvez consigam, talvez não.

— Obrigada.

Seus olhos se encontraram.

— Que Gaia vá com vocês. — Então Star se virou, pegou a Elfinha e se dissolveu nas sombras.

Nell, meio que arrastava, meio que carregava Gwen, apoiando-se nas paredes e tropeçando, enquanto seguiam para a luz. A cada passo, esperava ouvir o rosnado de Fen, mas isso não aconteceu.

Ela empurrou Gwen pela porta e saíram. Quase desmaiou de alívio, mas tinham um longo caminho a seguir ainda. Primeiro precisavam sair da vista do palácio.

De repente, um bando de pássaros no arbusto de lilás chiou e voou para o céu, com as asas zumbindo. Ela olhou em volta com o coração pulando, para ver o que os havia assustado, mas não viu nada. Apenas uma sombra no chão que crescia cada vez mais. Algo estava caindo lá de cima! Ela puxou Gwen para trás, ao abrigo da porta.

Bem a tempo. E então Fen se postou na frente delas, o chão tremendo pela força de sua aterrissagem, os joelhos dobrados, os cabelos brancos voando, seu rosto pálido gargalhando horrivelmente. O som das abelhas era ensurdecedor.

— Peguei vocês.

Dezoito

A floresta farfalhou e rosnou ao redor deles, folhas batiam ferozmente. Havia um cheiro de eletricidade no ar, a tempestade se aproximava rapidamente. Fagulhas saíam das pontas dos dedos e dos cabelos de Fen.

O coração de Nell parou, não por causa de Fen ou do tempo. O sol estava quase se pondo. As sombras eram longas. Restara apenas um pouco da luz do dia.

— Eu avisei. Ela não é mais sua. É minha — disse Fen. Os cantos de sua boca subiram, seus dentes se mostraram, mas ele não estava sorrindo. Era a expressão de um homem louco, que pensa que está sorrindo. — Ela não ouvirá mais a sua voz, garota humana. Ela não verá mais o seu mundo. Vocês a perderam. — Ele molhou os lábios. — Ou leve-a pela névoa e veja-a envelhecer.

Uma de suas mãos já estava segurando o pescoço de Gwen. A outra cobria sua boca, impedindo o grito que ela estava prestes a dar. Ele parecia terrível; seu rosto cadavericamente branco se contorcia e um olho piscava. Sacudiu a cabeça algumas vezes, como se estivesse com dor. Então a arrastou até o batente da porta e bateu a própria cabeça com força três vezes.

Nell recuou. O lilás estava apenas a alguns metros atrás dela. Podia sentir o cheiro. Fen a seguiu, parecendo ainda pior. Gwen pendurada em seu braço, a mão dele sobre a boca da garota.

— Evan acordou você? — ele rosnou.

Nell deu mais dois ou três passos em direção ao arbusto.

— Não. O feitiço não funcionou. Sou imune.

— Mentirosa. Foi Evan.

— Você atacou seu próprio irmão! — ela disse. Precisava fazê-lo continuar falando.

O olho de Fen começou a se mexer novamente. Ele segurou Gwen mais alto em seu braço e se aproximou.

— Ele está tentando me dizer o que fazer. — Seus lábios se espremeram. — Quando for igual a mim, poderá fazer isso. Não antes.

Ela recuou.

— Ele é mais líder do que você!

O rosto dele se contorceu em fúria. Mesmo que ela tivesse uma arma apontada para ele, não tinha certeza se o deteria. Parecia invencível.

— Escute aqui, garota humana. — Os olhos dele não desviavam dos dela enquanto chegava cada vez mais perto. — Houve um tempo em que, quando vivíamos lado a lado, algumas vezes humanos e Elfos eram amigos, algumas vezes se apaixonavam. Mas isso foi naquela época. Agora Elfos e humanos não se misturam. Nunca. — Ele quase encostou o rosto no dela. — Evan é um Elfo. Ele não é seu amigo! — rosnou. — Não vou permitir que seja um traidor. Entendeu? — Gotas de saliva caíram nela. — Então, meu conselho é: corra e se salve. — Seu rosto se contorceu até a coisa mais próxima que ela já vira do rosnado de um lobo. — Mas sua adorável irmã fica.

Ele empurrou Nell pelo peito, fagulhas saíam da ponta de seus dedos.

— Corra, corra enquanto pode — rosnou. — Não ligo para você. É uma larva, uma lagarta comparada a Gwen. Vá e conte aos Observadores. Adoraria ver a cara deles. — Ele a empurrou novamente. — Vá!

Ela deu mais alguns passos para trás. Não ainda, disse-lhe silenciosamente.

— Engraçado, não é? Você diz que odeia humanos, mas passa muito de seu tempo em nosso mundo — falou.

Ele se aproximou dela, arrastando Gwen com os olhos arregalados. Bom, ela queria que ele chegasse bem perto.

— Nosso mundo, garota humana. Nosso mundo primeiro — rosnou. — Vocês eram macacos, nós éramos elementais, a um passo dos deuses. Nós ensinamos coisas a vocês que os tornaram humanos. Então vocês se multiplicaram como formigas, e, mesmo sendo menos poderosos do que nós, eram muitos. Nos obrigaram a ser o povo escondido.

— Este mundo não é de ninguém — ela gritou de volta. — É só um mundo. Alguém também poderia dizer que pertence aos dinossauros, que estavam aqui primeiro.

Fen rosnou como um lobo enlouquecido.

— Nenhuma formiga vai nos impedir de estar no mundo. Sabe por quê? Porque no final teremos nosso poder de volta e vocês se tornarão cidadãos de segunda classe.

— E é você que vai fazer isso? — ela perguntou sarcasticamente, implicando um pouco mais.

— Isso mesmo. Vocês podiam ter dividido conosco. Nunca fomos uma ameaça, até os Observadores começarem a pegar pesado. Agora aposto que estão arrependidos do que fizeram. Vou mostrar a eles.

Mais um passo para trás, e um galho espetou as costas de Nell. Pó lilás caiu em seus ombros e cabelo. Ela chegara até a árvore de lembranças. Algo brilhou no canto de seu olho, entre as flores. Era exatamente o que ela queria.

— Pelo menos Evan toma conta de todos. Ele se importa — ela disse, fazendo-o continuar a falar e a ficar zangado com ela: não era difícil. Ela deslizou a mão como se fosse segurar num galho para não cair. Sua mão se aproximou do pequeno brilho de luz.

— Eu ouvi você, garota humana — ele rosnou —, falando com Evan sobre serem amigos. Foi ideia dele fazer tanta pesquisa na escola. Não minha. Quando soube onde encontrar vocês duas, soube que podia pegá-las quando quisesse. Eu deveria saber que Evan se envolveria. Você está certa, ele tem coração mole. Ele se importa.

— Vejo que você não.

Em sua mão estava o pequeno colar de ferro da avó.

— Me importo em destruir seu mundo humano, só isso — ele disse. Olhou para Gwen em seus braços. — Sua irmã tem sorte de ficar aqui...

— Na verdade, ela não vai ficar — disse Nell.

Os olhos dele se viraram para ela de novo, mas era tarde demais. A mão dela se movera.

Talvez uma arma não o tivesse detido. Mas uma pequena corrente de ferro... o que faria a ele?

Rápida como um gato, Nell a enrolou na mão dele. Em seu punho branco, a corrente brilhava intensamente. Era tão frágil e insignificante, mas não para Fen.

Ele a sentiu queimar na mesma hora. Era pior do que uma bala. Seu rosto mudou. Largou Gwen. Olhou para seu punho, horrorizado, e caiu de joelhos, segurando a mão como se ácido estivesse queimando sua pele. Então jogou a cabeça para trás e urrou feito um animal ferido.

Nell o olhava sem pena. A corrente pesava quase nada, mas a mão de Fen caía cada vez mais, como se estivesse sendo forçada para baixo por um peso de uma tonelada. Ele estava aterrado. A avó dela se recusara a ajudar, mas seu presente de aniversário detivera Fen.

— Tire! — seus dentes estavam trincados, em parte rosnando, em parte em agonia. — Ou verá o que farei com você.

— Não fará nada — disse Nell, tirando Gwen do caminho. — Evan me contou. Ferro enfraquece vocês, tira o seu poder. Não fará nada comigo a não ser praguejar, xingar e ficar de joelhos.

Um rosto assustado assistia tudo à porta, mastigando a ponta de uma trança.

— Star! — Nell gritou. — Eu o acorrentei. Precisei fazer isso. Você pode tratá-lo agora?

— Sim — a garota Elfa suspirou. — Sim. — Ela surgiu insegura com os olhos fixos em Fen. — Tenho as quinze ervas cruciais, posso mandar a sombra embora.

As duas olharam para Fen. Ainda segurava a mão, mas seus olhos estavam desfocados e perdidos.

— Quanto tempo isso o segurará? — perguntou Nell.

— O tempo que quisermos. Ferro nos confunde. Ele não conseguirá tirar. — Ela rodopiou num turbilhão de tranças. — Vou buscar minha caixa de remédios. — Correu para a porta. Então parou e se virou. Mordeu o lábio. — Obrigada.

— Você também me ajudou — disse Nell, pegando a mão de Gwen. — Agora precisamos correr.

Gwen olhava para Star com uma expressão de dúvida.

— Quem é ela? — murmurou. — Não foi convidada para a minha festa.

— Uma penetra. Ignore-a. — Nell acenou para Star, então puxou Gwen.

Fen levantou a cabeça uma última vez. Com um enorme esforço, seus olhos entraram em foco.

— Você não vai conseguir. Não dá tempo — tentou gritar, mas sua voz estava embolada. — A tempestade vai pegar vocês.

Ele estava certo. Nell podia sentir na pele a tempestade se aproximando, rascante e úmida, o ar pesado rodando por perto como se fantasmas estivessem respirando ar quente direto em seus rostos.

— E, se não pegar — ele murmurou acintosamente —, os lobos o farão. — Ele assoviou. — Ei, Thor! — tentou gritar, mas seus olhos começaram a ficar perdidos novamente e sua cabeça estava caindo para a frente.

Nell não esperou para ouvir mais. Ela correu, puxando Gwen atrás dela. Quando entraram na floresta, ouviu Star gritar.

— Evan! Rápido, venha aqui!

Ela não conseguiu evitar. Olhou para trás. Lá estava ele na grande porta, olhando fixo para ela com um copo de água nas mãos. Talvez essa fosse a última vez que o veria.

Dezenove

Fugir de lobos. Fugir da tempestade.

As palavras martelavam na mente de Nell.

Um vento soprava soltando espetos das árvores como se uma chuva verde estivesse caindo. Logo haveria chuva de verdade. Ela olhou para as árvores enormes. Caminhos levavam em todas as direções, todos escuros, quase túneis. Poderia ter sido qualquer um o caminho que os trouxera até ali.

— Eu não conheço esta parte do bosque — Gwen gemeu. — Estamos perdidas?

Nell olhou para a escuridão crescente que fazia tudo parecer tão ameaçador.

— Não se preocupe, temos a tecnologia.

Ela colocou a mão no bolso e tirou a lanterna azul que roubara dos peritos. Ligou e um facho brilhante cortou a escuridão como um sabre de luz. Ela o moveu de um lado para o outro pelo chão: e ali à sua frente as pequenas gotas de sangue que deixara no caminho brilharam como luzes encantadas.

João e Maria usaram migalhas de pão para marcar seu caminho. Dessa vez os pássaros não poderiam comer a trilha e deixá-las perdidas.

— Venha.

Não houve resposta. Ela se virou. A irmã estava olhando as árvores com a expressão intrigada.

— Nell, onde estamos? Estou sonhando?

Nell teve vontade de gritar, mas sabia que Gwen não ia aguentar. Fora enfeitiçada e sua mente estava confusa.

— Deixa pra lá — falou tentando ser paciente. — Vai chover. Você não quer molhar seu cabelo, quer? É por isso que precisamos correr.

Gwen concordou como uma criança obediente. Elas correram. Nell na frente, balançando a lanterna de um lado para o outro, seguindo a trilha de sangue. Seus passos eram abafados pelo tapete de espetos no chão, mas eram atacadas de todos os lados por pequenas criaturas rastejantes, pelo uivo de brisas súbitas e pelo estalar e farfalhar das árvores. Quando o caminho se tornou denso, precisaram diminuir o passo e andar. Nell na frente.

— Uau, é lindo — dizia Gwen atrás dela.

Nell a ignorava, procurando pela próxima gota de sangue no chão. Após alguns passos, percebeu que Gwen não a estava mais seguindo.

Voltou correndo.

— Oi, cavalinho lindo — Gwen estava arrulhando.

Era um potro, ajoelhado, adorável e totalmente branco. Tinha cílios e olhos enormes, mas ainda não tinha chifre, apenas um pequeno nódulo na testa.

— Tão gracinha o cavalinho.

Galhos se quebraram quando algo grande se aproximou.

— Mas a mamãe égua não é — gritou Nell. — Corra agora!

Gwen não se mexeu. A mãe unicórnio as olhava por entre as árvores. Seu chifre estava abaixado como uma lança, seu pelo branco brilhava na semiescuridão. Provavelmente era o mesmo unicórnio que Nell vira antes. Talvez tenha sido esse o motivo de ter atacado. Mães com seus filhos são ferozes. Jackie certamente era. Se achasse que alguém estivesse mexendo com suas garotas, ela correria até a escola como uma tigresa.

— Não toque nele! Afaste-se — avisou Nell, mas Gwen se aproximou na ponta dos pés.

— Tem que ser um sonho. Eu posso tocá-lo.

O unicórnio baixou mais um pouco a cabeça. Seu casco bateu no chão. Gwen não percebeu. Ela esticou a mão para tocar o filhote. O unicórnio enlouqueceu e se levantou, as patas dianteiras se mexendo. Nell correu para a frente e tentou puxar Gwen, mas não conseguiu levantá-la. Estava colada no chão em choque. Mas sua voz não. Quando o unicórnio colocou as patas novamente no chão, Gwen gritou histericamente no seu focinho. Ele gritou de volta, mostrando seus terríveis dentes de cavalo.

Nell olhou ao redor buscando algum lugar para se esconder.

— Aqui!

A enorme árvore perto delas havia sido atingida por um relâmpago em alguma outra ocasião, que fizera um buraco no tronco. Ela puxou Gwen. Havia apenas espaço suficiente para as duas se encolherem.

— É nojento aqui — reclamou Gwen, quando o chifre do unicórnio raspou na abertura tentando atingi-las.

Nell empurrou-a mais para trás.

— Quer ser furada?

O chifre espiralado as atacou mais duas vezes, então o unicórnio mudou a tática. Ele bateu com a pata e tirou um pedaço de madeira da entrada do buraco do tronco. Nell ficou olhando.

— Está abrindo caminho!

Gwen estava espremida no canto mais afastado, seus olhos brilhavam perigosamente. Não estava mais num sonho.

— Tem teias de aranha no meu cabelo — falou ameaçadoramente.

Um estrondo forte sacudiu a árvore podre. Gwen praguejou e se segurou em Nell tão apertado quanto costumava fazer quando a avó contava histórias assustadoras.

— Está usando as patas traseiras — Nell sussurrou. — Está tentando derrubar a árvore. — Como algo tão mágico podia ser tão letal?

Mais um estrondo e um ruído de algo rasgando. Uma luz prateada brilhou sobre elas. Os cascos da criatura haviam partido o tronco da árvore de cima a baixo. Mais alguns chutes e o unicórnio estaria lá dentro com elas.

Gwen fechou os olhos com raiva.

— Isso não é a minha festa. Eu quero a minha festa.

— Bem, desta vez você não terá o que quer. Pela primeira vez na vida.

Gwen afastou Nell.

— Sai da minha frente. Isso é culpa sua.

Ela se moveu para perto da entrada, mas o unicórnio a farejou. Colocou o focinho dentro do buraco, as narinas se mexendo como se sugassem o cheiro dela, sua respiração era úmida e fedida. Gwen praguejou e se encostou contra a madeira podre, quando os dentes do animal bateram selvagemente. Nell se inclinou e bateu forte nele. O unicórnio recuou. Ela se virou para a irmã, agora com os olhos brilhando de raiva.

— Minha culpa?

Gwen a encarou.

— Eu quero a minha festa. Não esse espetáculo esquisito.

De repente, todo o medo de Nell se transformou em raiva e explodiu. Elas deveriam estar correndo, mas por causa de Gwen estavam presas naquela árvore idiota, com um unicórnio raivoso do lado de fora. E tudo era culpa de sua irmã.

— Cale a boca! — ela rosnou. — Sua festa nos colocou nesta confusão. Você tinha que fazer a festa no bosque, não é? Você nunca ouve!

— Você tinha que dizer isso! — Os olhos de Gwen se arregalaram e brilharam de lágrimas. — Eu sei que você me odeia.

Elas olharam nos olhos uma da outra.

— É duro. Mas eu não odeio você — falou Nell. — Mesmo eu correndo o risco de ficar presa nesta terra com você para sempre... que é pior do que o inferno, acredite!

O casco do unicórnio bateu novamente no tronco, enchendo-as de lascas. As duas recuaram.

— Então você é uma idiota. Devia me odiar — ela sussurrou. — Eu tratei você mal.

— Eu bem que tentei, mas não funcionou.

Gwen se encolheu o máximo que o tronco permitia.

— O que isso quer dizer?

Nell olhou para a irmã.

— Você é Gwen. Não perceberia se eu a odiasse. Você vive na terra encantada de Gwen.

Uma lágrima desceu no rosto da irmã.

— Quem a transformou numa supervilã?

Nell gritou.

— Você! Por sua causa estamos presas num tronco de árvore e um unicórnio está tentando nos matar, e tudo o que faz é sentir pena de si mesma! De ninguém mais, só de você.

Gwen secou o rosto, manchando-o com terra.

— Que unicórnio? — perguntou baixinho.

Nell olhou-a assustada.

— Hein?

Ela fungou.

— Você pode ser a Senhorita Legal, com suas roupas estranhas e seu lance "sou uma solitária", mas não sabe tudo.

— O que eu não sei? — disse Nell pensando *Gwen acha que sou legal?*.

Ela secou o nariz com a manga.

— Que o unicórnio foi embora?

Nell ouviu. Gwen estava certa, não havia sinal do bafo fedorento, nem lascas de madeira. Elas saíram do tronco, tirando as teias de aranha dos cabelos e das roupas. O unicórnio estava a metros de distância agora, levando o seu filhote para as árvores, com o rabo balançando nervosamente. A propósito, ele balançava a cabeça olhando ao redor, algo o havia espantado.

— Viu — disse Gwen. — Fiz alguma coisa direito.

— Você fez — disse Nell, e, como Gwen era como um filhote que precisava ser agradado, ela sorriu. Então pegou o relógio de lua do bolso e olhou para ele. Não tinha mais vontade de sorrir.

A primeira parte do sol estava tocando a nuvem. E aquilo era uma minúscula lua que estava aparecendo do outro lado? Ela o guardou.

Um passo de cada vez, disse a si mesma. Pare de se preocupar com o caminho à frente, apenas coloque um pé diante do outro e mantenha Gwen seguindo. Ela vasculhou o chão com a lanterna até achar a trilha de gotas de sangue novamente. A trilha seguia por um longo caminho estreito que ela reconhecera.

— Podemos correr — disse. — Costumávamos gostar de apostar corrida.

Gwen sorriu trêmula.

— Ok.

Então elas correram como se fossem garotinhas novamente e Jackie as tivesse levado ao parque. A lanterna piscava pelos musgos e samambaias que salpicavam o chão, até encontrar cada gota de sangue brilhante. Parecia mais fácil agora, até Gwen estava acompanhando. Se não fosse pelas sombras voadoras que as seguiam, Nell poderia começar a sentir-se esperançosa.

Não foi à toa que o unicórnio fugira. Os lobos as tinham encontrado.

De ambos os lados, formas cinzentas se moviam pela densa floresta como se fossem uma escolta fantasma. Ela tentou contá-los, mas entravam e saíam do campo de visão. Talvez dez, talvez mais. De vez em quando via o brilho de seus olhos. Era a matilha de Thor, mas ela não conseguia ver o monstro branco.

Enquanto corriam, começou a ouvir o som de água fluindo, e percebeu que estavam perto do lugar onde ela e Evan haviam encontrado Falcon. Isso significava que tinham um longo caminho, ela pensou com o coração apertado. Diminuiu o passo e Gwen fez o mesmo.

Talvez não adiantasse mais.

O vento parara, deixando uma sinistra tranquilidade. A tempestade estava tão perto agora. O ar estalava com a estática. As árvores se abriram na clareira, e o caminho as levou direto para o pequeno lago com a cachoeira e a grama verde-esmeralda. A floresta parecia segurar a respiração. Até os animais haviam se aquietado.

— Que sede. Quero água — falou Gwen.

Nell levantou o braço e a deteve.

Algo já estava lá esperando por elas. Um fantasma branco, o que começou a latir de forma sinistra quando as viu.

Era Thor.

— Por que aquele cachorro está encarando a gente? — perguntou Gwen.

Seus olhos azul-claros encaravam as duas. Um rosnado rouco brotou de sua garganta. Estava prestes a atacar, mas não teve a chance.

A ponta da tempestade alcançou as árvores no entorno deles. Nell sentiu seu cabelo começar a se arrepiar como um dente-de-leão cheio de estática. Olhou para a irmã. A mesma coisa acontecia com ela.

Com um clarão de raio que cruzou o céu e que fez o barulho como se uma peça gigante de seda estivesse sendo rasgada, a tempestade desabou sobre eles.

Vinte

O trovão ressoou. Os céus se abriram. A chuva caiu nos galhos gigantescos e desceu em cascata pelos troncos. Encheu o lago e transformou a cachoeira numa pequena catarata do Niágara. O chão virou instantaneamente um pântano. Deixou as duas surdas. Descia pelas suas nucas, batia em suas cabeças correndo, pingando e tentando afogá-las.

Por uns instantes, Gwen engasgou como um peixinho dourado; a chuva corria pelo seu rosto e sua respiração criava fumaça no ar subitamente gelado.

— Pare! — ela gritou para os raios e trovões, como se até o tempo devesse lhe obedecer.

Não parou. Nem fez Thor recuar. Ele não tirava os olhos de Nell. Era como se ele nem tivesse notado a tempestade. A primeira vez que a vira, ela havia espirrado perfume nele. Ele não esquecera.

Um rosnado grave começou a ecoar de sua garganta. Não era alto, mas tinha uma certa qualidade que o fazia ir direto aos ouvidos dela, seguindo para determinada parte do cérebro e pressionando um botão de terror antigo.

Pense, pense, não deixe o medo assumir o controle, disse Nell a si mesma. Gwen estava atrás dela, soluçando baixinho. A chuva martelava com tanta força na água que começava a criar uma névoa branca que se enroscava entre suas pernas.

Enroscava-se também em Thor.

O pelo ao longo de sua espinha estava arrepiado como uma escova. O cheiro de seu apetite de lobo era forte no ar e seus olhos eram impiedosos. Ele parou mais perto: patas rijas, cauda elevada, pronto para lutar com aquela humana que ousara machucá-lo. Suas mandíbulas enrugaram, seu focinho concentrado num grunhido feroz, suas presas brilhando, a névoa rasteira envolvendo suas patas. Ela estendeu a mão para ele. Ele começou a rosnar, raspando a pata pelo chão.

Nell sentiu um tremor percorrer seu corpo. Lobos não eram humanos, eram animais, e animais lutam apenas quando necessário. Se pudesse mostrar a Thor que ela era mais forte, ele desistiria.

O lobo olhou fixo para ela. Ela o encarou de volta. Se olhasse para outro lado, ele pularia em seu pescoço.

Diga alguma coisa!, ela falou para si mesma. Ela apontou a mão em direção ao velho lobo.

— Senta! — rosnou. — Cachorro mau!

Mas não deu certo. Ela estava tão cansada e tão molhada. Evan havia parado o cachorro de Rikstall tão facilmente, mas ela não era boa com animais. Até Faolan a odiava.

O trovão ressonou novamente assustando Thor. Ele baixou a cabeça, juntou as patas. Preparou-se para pular sobre ela.

— Senta! — ela gritou novamente, mais alto que a chuva. — Não ouse pular em mim!

O lobo parou. Talvez o tivesse assustado. Talvez estivesse a ponto de atacar. Ela jamais saberia, porque algo estava saindo da névoa atrás dele. Era Gwen, movendo-se estrategicamente e cercando-o. Ela achara um enorme galho de uma árvore, quebrado pela tempestade, e o estava rodando no ar como um lançador de martelo nas Olimpíadas, escolhendo o momento certo. Nell mal ousava respirar. O tempo desacelerou. Nada se movia no universo além de Gwen. No último instante, Thor pareceu sentir o movimento e começou a se virar, mas era tarde demais.

— Não ouse rosnar para minha irmã! — gritou Gwen.

O galho atingiu o lobo bem na mandíbula. Thor grunhiu e caiu como se atingido por um machado.

— Deixe-a em paz! — ela uivava enquanto girava para bater mais. — Maldito cão bandido. — Então ela caiu de joelhos.

Nell correu até ela, pulando sobre o corpo inconsciente de Thor. Ele roncava como um velho.

— Obrigada, Gwen — falou em voz baixa e abraçou a irmã. — Você se importa comigo.

— Claro que me importo! — Ela se levantou, patinando na lama. — Como todas aquelas vezes em que eu fingi fazer birra porque você estava enlouquecendo por causa do papai nos levar numa viagem! E aquele garoto psicopata que costumava perseguir você no pátio: eu cuidei dele, não foi?

Nell piscou para segurar as lágrimas.

— Você nunca disse.

— Não precisava. Sou sua irmã. — Ela olhou ao redor da clareira, limpando a chuva dos olhos. — Sabe de uma coisa? Estou cansada desta festa. — Ela jogou o galho no chão. — Você está certa. Acabou. Venha, Nell, vamos para casa.

Nell balançou a cabeça, gotas de chuva caindo de seu cabelo.

— Lamento, não podemos. A chuva levou embora a trilha. — Ela limpou uma mistura de chuva e lágrimas de frustração de seu rosto. — Estamos perdidas.

O queixo de Gwen caiu.

— Mas precisamos ir para casa — disse com o lábio tremendo. — Não gosto deste lugar. Faça alguma coisa.

Nell deixou as lágrimas correrem livremente pela primeira vez.

— Não posso. Você está aqui há um dia e uma noite. É tarde demais. Vamos ficar aqui para sempre.

Mas Gwen não estava ouvindo. Estava franzindo a testa para alguma coisa sobre os ombros de Nell.

— Mais cachorros.

Nell se virou. O resto da matilha se aproximava das árvores em um semicírculo. Dez magros lobos furtivos: tigrado, cinza, preto, fumegando na chuva. Eles começaram a rosnar sinistramente de novo. Seu líder havia caído e não tinham certeza do que fazer. O grande lobo tigrado deu um passo à frente e farejou o corpo inconsciente de Thor. Aquilo perturbou os outros. Os olhos amarelos do lobo tigrado se fixaram em Nell. Ele passou por cima de Thor e se aproximou.

Nell se abaixou e pegou o galho de Gwen.

— Fique atrás de mim — ela disse, mas sabia que era inútil. Não podiam brigar com uma matilha de lobos.

Algo uivou de dentro das árvores e os lobos se viraram para olhar.

— Mais deles! — sussurrou Gwen.

— E daí? — disse Nell. — Não faz diferença serem dez ou vinte. Não vamos vencer.

O tigrado parecia concordar. Estava chegando mais perto dela. Mas os outros lobos começaram a agir estranhamente. Suas caudas estavam abaixando e se dirigiam para o interior da floresta. Algo se aproximava e não era um amigo deles.

Logo em seguida Faolan pulou do meio das árvores. Nell deu um gemido. Mais um lobo hostil. O estridente rosnado ecoando de seu focinho fez vibrar todo o seu corpo. Era isso que havia perturbado os lobos. Eles começaram a recuar, mas Faolan os ignorou. Ela tinha um objetivo, e era Nell.

— Por quê? — Nell sussurrou. — Eu nunca odiei você.

Faolan se aproximou, o rosnado ameaçador soando o tempo todo. Nell ouviu sua respiração. Seria isso o fim? A loba saltou até ela. Olhou para Nell mais uma vez e, como um cão bem treinado, veio e ficou aos seus pés. Nell quase desmaiou.

O semicírculo de lobos encarou. O rosnado de Faolan ficou mais alto. Era um aviso. Toquem nela e vou pegar vocês.

Os lobos começaram a recuar, todos, exceto o tigrado. Ele começou a rosnar de volta para Faolan dando pequenos passos à frente.

Se brigassem, ele ganharia. Faolan era muito menor e manca. Mas isso não importava, porque mais alguém estava saindo das árvores. Era Evan, dando pequenos rosnados e uivos, com o olhar fixo no tigrado. O lobo não gostou daquilo. Levantou-se, pernas rijas, pelo eriçado. Baixou a cabeça, mas Evan não piscou. Cercou-o, rosnando, sussurrando para ele como um lobo. Tudo nele, seus movimentos, a curvatura dos lábios, os sons da voz, era de lobo, não de garoto.

O tigrado se manteve o quanto pôde, então saiu atrás dos outros.

— Você o conhece? — ponderou Gwen quando Evan deu um último rosnado e perseguiu o tigrado para fora da clareira. Quando ele voltou, Nell percebeu que ele ainda estava do jeito lobo, embora se encolhesse toda hora como se estivesse tentando voltar a ser um garoto.

Gwen franziu a testa.

— Ah, é aquele garoto da escola. De quem você gosta. Por que estou sonhando com seu garoto misterioso?

Nell a ignorou. Sobre o martelar do barulho da chuva veio outro som: um som de seu mundo ecoando na terra dos Elfos. Era o som do sino da igreja e estava cantando a hora. *Um... dois... três... quatro...* Anunciava que eram cinco horas. A hora do pôr do sol.

Quando a última badalada começou a ecoar pela floresta, Evan chegou perto delas com seus cabelos escorridos pela chuva e água pingando de seu rosto.

— Você nos salvou, mas é tarde demais! — ela gritou.

Ela não podia acreditar nisso. Ele deu um sorriso torto.

— Não, não é. — Ele colocou um braço em volta da cintura dela e outro em volta da de Gwen. — Segurem-se.

Atenção para Novas Mães

Cuidado com a filha do Elfo-Rei. Lembra como foi deixada aqui por seu pai? Foi ela quem infestou o sangue humano com o de Elfo. Ele aparece de vez em quando em bebês desafortunados.

Então, guardem bem, mães, e verifiquem seus filhos com relação à trapaça excessiva, por causa do poder de enfeitiçar e amaldiçoar. Teste-os fortemente com ferro. São eles belos como a luz das estrelas, ferozes como lobos e frios como gelo? Sim? Então vocês têm uma troca, uma relíquia do Elfo-Rei. Purifique-o com ervas amargas. E não o poupem da vara, expulsem o sangue do Elfo dele com vigor.

Alerta para novas mães do século dezoito
Obstetrícia Herbal Granny Ballard, 1795

Vinte e um

Velocidade, velocidade incrível. O mundo se transformara numa mancha. Até aquele freio repentino que pareceu quebrar cada célula do corpo de Nell e fazê-la sentir como se o cérebro ricocheteasse dentro do crânio.

Seus pés tocaram o chão, ela tropeçou alguns passos para a frente e acabou de joelhos. As pedras brancas estavam à sua frente. Estavam na névoa, lá dentro onde parecia que o ar era feito de gelatina.

Estavam em casa. Podia sentir o cheiro de seu mundo, com sua fumaça de escapamento. A chuva pesada havia parado. Ela ouviu Gwen gemer e seguiu o som do vômito, a névoa se diluindo ao seu redor. Gwen estava de joelhos. Evan agachado ao seu lado.

— Ela está bem? — Nell perguntou.

— Quer saber se ela tem cem anos? Não. Conseguimos com alguns segundos de folga. Ela trouxe apenas uma lembrancinha.

— Não é uma ruga, é? Ela vai enlouquecer.

Nessa hora Gwen se sentou e se levantou.

— Nunca mais vou beber cidra — declarou.

Nell olhou fixo para ela. Gwen tinha agora uma mecha branca de um lado de seus cabelos. Por causa disso, estava linda, mas Nell decidiu deixar que ela descobrisse mais tarde. Havia coisas mais importantes para desvendar. Ela se virou para Evan.

— Por que você mudou de ideia e nos ajudou?

Ele deu de ombros.

— Não sou Fen. Vou salvar os Elfos do meu jeito.

Ela colocou um dedo no hematoma no rosto dele.

— Ele acertou você. O que vai acontecer quando você voltar?

— A última coisa que vi foi Star tratando dele. — Ele fez uma careta fingindo estar apavorado. — Quando Star decide tratar alguém, ele fica sob seus cuidados até ela terminar.

Ele abraçou Gwen e começou a pular sobre as pedras. A cada passo a névoa se tornava mais densa. Finalmente parou.

Olhou para todos os lados, menos para Nell.

— Preciso ir — disse. — Estão seguras agora.

O mundo parou para Nell.

— Então você me perdoou? Por ter mentido?

Ele olhou para ela por trás dos cabelos.

— Era a única coisa que você poderia ter feito. — Deu um sorrisinho. — Eu faria o mesmo.

— Vou vê-lo de novo? — Ela perguntou tão casualmente como Hélène teria feito.

— Quem sabe? — Ele soltou o braço de Gwen e a apoiou em Nell. — Você está com Gwen, mas nós não conseguimos nossos pais de volta. Será apenas uma questão de tempo até capturarem a mim e ao resto dos Rivers.

Ela olhou para o chão, batendo com a ponta do pé na pedra branca.

— Eu disse, vou conseguir a localização dos campos.

— Não vai. Não pode. Nem mesmo você.

Ela olhou para cima.

— Pôr do sol amanhã. Por favor. Me encontre.

Ele balançou a cabeça.

— Não vai mudar nada. Temos que nos lembrar de nascer na mesma espécie da próxima vez.

Ela ficou lá, segurando Gwen. Sabia que deveria estar feliz por ela estar de volta e segura, mas não. Parecia haver uma enorme pedra em seu peito que não a deixava respirar.

— Queria que o mundo fosse diferente.

Evan olhou para longe.

— Eu também. Mas não é. E isto é um adeus.

— Me dê um dia e uma noite. Vou conseguir aquelas localizações.

Ele deu outro sorriso triste, nada convincente, a névoa o envolvendo como uma seda.

— Sim, claro que vai, garota humana.

— Eu vou. Você vai ver.

Mas a névoa o levara. Ela olhou fixo para sua ligeira agitação e segurou as lágrimas. Ele não percebera, ninguém percebera o quanto ela podia ser determinada.

Gwen olhava assustada suas mãos e unhas cobertas de lama.

— Oh, céus, onde estou? — perguntou, horrorizada. Olhou para o estado de suas roupas e sapatos. — Estou imunda e fedendo! O que aconteceu comigo?

Nell deu o braço a ela.

— Eu resgatei você — disse. — Você se perdeu no bosque. Deve ter batido a cabeça. Estava balbuciando um monte de besteiras.

Os olhos de Gwen estavam arregalados de horror. Ela começou a balançar a cabeça e as lágrimas desceram pelo seu rosto.

— Gwen? — uma voz próxima chamou. Era o tipo de voz que estava esperando e orando, e que agora ouvia algo, mas não conseguia acreditar. — É você chorando, Gwen? Por favor diga que é!

Nell deu uma risada e a puxou. Elas correram para fora da névoa.

— Mãe? — acenou Gwen.

Estavam os dois lá, Jackie e Church, de pé no caminho que levava à névoa, como se lá tivessem ficado o dia todo. Jackie deu um grito e correu na direção delas.

— Gwen! Como? Onde? — ela gaguejou perdendo toda sua postura policial. Abraçou Gwen. — E Nell!

Church apenas ficou olhando. Primeiro para Gwen, então seus olhos desviaram e se fixaram em Nell.

— Oi, pai — ela disse, tão inocentemente quanto podia, entre os soluços de Gwen e Jackie. — Ela se perdeu. Não foi levada. Nada de sequestradores. Nós duas estamos bem.

Ele colocou a mão na orelha.

— Johnny? — disse ao celular. — Nós as encontramos. Suspenda tudo. Estamos no buraco. Nos dê alguns minutos. — Baixou a mão. Seus olhos fixos em Nell o tempo todo.

— A reaparição miraculosa de minhas filhas da névoa — falou lentamente. Parecia estar tentando ler os pensamentos dela através dos olhos.

— Sim — ela concordou.

— Mi-ra-cu-lo-sa — ele repetiu, acentuando cada sílaba e colocando nelas um toque de sarcasmo.

— Pois é. Por que vocês estavam esperando aqui? — perguntou Nell bem lentamente.

— Ah, esperamos aqui o dia todo! — ele disse sorrindo maliciosamente. — É um ponto muito popular. Sua avó estava cercando o lugar... vindo aqui a cada hora, com a expressão de um furacão. Gritando ao telefone. Dizendo que ia quebrar algumas regras. Dizendo que estava desistindo. — Ele arqueou uma sobrancelha. — Você estava com ela antes de fugir. Essas coisas fazem algum sentido para você?

Nell o encarou.

— Ela é velha, talvez esteja perdendo a razão?

— Então você não saberia nada sobre o homem que está com ela. O que diz que é um especialista em rastrear pessoas nos bosques, mas que parece ser do MI5?

— Não — Nell olhou em volta. — Onde ela está?

Church não teve chance de responder. Jackie se aproximou rindo e chorando ao mesmo tempo, ainda abraçada com Gwen.

— Nunca mais faça isso comigo, Nell — ela disse suavemente. — Quando Dru disse que você havia fugido, eu quase enlouqueci! — Sua expressão era intrigada e aliviada. — E você cortou o seu cabelo! Isso está muito estranho. — Ela inclinou a cabeça para o lado. — Mas eu gostei.

— Tarde demais se não gostasse.

— Atrevida.

Um pequeno resmungo veio de Gwen.

— Mãe, por favor, eu sou a vítima — disse impacientemente. — Estou traumatizada. Preciso de toda a atenção do mundo.

Jackie riu e abraçou Gwen novamente.

— Onde você a encontrou?

Nell sentiu os olhos do pai tentando penetrar nela.

— Túneis — disse, inventando rapidamente enquanto se afastava.

— Sua mãe nos fez vasculhar a névoa umas dez vezes — falou Church. — Sua avó está andando de um lado para o outro há horas. Ninguém encontrou nenhum túnel.

— Só alguns garotos conhecem — ela mentiu. — São túneis escondidos da Segunda Guerra Mundial. Debaixo das silvas.

— É mesmo? — Os olhos do pai pareciam raios laser. — Nenhum túnel pirata ou base secreta alienígena?

Ela se manteve fria.

— Isso seria bobagem.

— Me mostre — ele falou.

Os segundos que se passaram até sua mente encontrar uma resposta pareceram horas.

— Eles entraram em colapso quando saímos — disse finalmente. — Completamente inundados.

— Então é por isso que vocês duas estão encharcadas — exclamou Jackie. Ela beijou a testa de Gwen. — Deixe-as em paz por enquanto, Church. Vamos tirá-las daqui e lhes dar roupas secas antes que congelem.

Conforme saíam do buraco, podiam ouvir os gritos pelo bosque. Policiais avisando uns aos outros que a busca havia acabado. Church olhou para ela mais uma vez de um jeito carrancudo.

— Não saiam daí — disse, e foi passar as novas informações.

Isso deixou Nell olhando fixo para a avó.

Na crescente escuridão, Druscilla Church estava de pé perto das grades de ferro quebradas, com suas roupas de couro. Quando viu Nell, um olhar de tremendo alívio se mostrou em sua face. Pela primeira vez na vida parecia estar prestes a chorar.

Entretanto, o homem de pé ao seu lado não parecia comovido. Usava um terno preto que não se encaixava com o bosque selvagem. Seus sapatos brilhantes estavam cobertos de lama. De forma alguma ele poderia ser um especialista em buscas. Atrás de Dru, dos dois lados dela, estavam dois homens que Nell nunca vira. Devo concordar com meu pai, ela pensou, até eu posso afirmar que são policiais de algum tipo.

Ela se aproximou, mas não muito.

— Você estava certa, vó. Fen a soltou.

Os olhos de Dru brilharam de tristeza.

— Não, ele não soltou, Nell querida. Você a resgatou. Ele teria mantido Gwen lá.

Nell chegou mais perto e falou baixinho.

— Você traiu os Rivers, vó — disse secamente. — Me disse que tentou fazer o melhor para eles. Mas Evan diz que tinham pedido uma trégua... e você o capturou.

Dru piscou.

— Eu não sabia. Juro. — Olhou para os dois lados. O homem lhe deu um olhar de advertência, mas ela o ignorou. — Os que estão acima de mim planejaram isso — falou desafiadoramente.

O homem deve ter feito um sinal para os guardas, porque eles se aproximaram de Dru. Ela os espantou.

— Você fez a coisa certa, Nell — falou bem alto. — Foi lá e a salvou. Eu estava me enganando achando que Fen iria desistir dela.

— Ele está doente. Não será mais um problema — Nell se virou para o homem. — Nem Evan será, deixe-os em paz. Acabou.

Ele tinha o olhar mais frio que ela já vira.

— Nunca estará acabado — disse. — Você tem informações valiosas. Precisamos interrogá-la.

Ela lembrou Evan dizendo que eles seriam mortos se alguém soubesse que as Harpas estavam falhando.

— Não se incomode com isso. Não me lembro de nada.

— Você não tem escolha — ele disse.

Ela recuou.

— Sabe por que somos imunes? — perguntou olhando de volta para eles.

Dru encarou o homem.

— Não sabemos ao certo. Algo genético.

— Fen diz que no passado os Elfos e os humanos se apaixonavam. Será que tiveram filhos como o Elfo-Rei e sua namorada?

— Talvez no passado — disse o homem. Seus lábios se retorceram em repugnância. Era tão mau quanto Fen.

Nell concordou.

— Então eu acho que somos imunes porque temos uma gota de sangue Elfo em nossas veias — apontou para ele. — Todos nós. Incluindo você.

Ela se virou para ir embora, mas um dos guardas se aproximou dela.

— Lamento, Nell — o homem chamou friamente. — Mas, por uma questão de segurança nacional, você tem que vir conosco.

— Para me darem o tratamento? Não. Não quero esquecer.

— Primeiro você fala, e então a libertamos de todas as suas preocupações — ele disse. Acenou para o guarda, que agarrou o braço dela.

Nell o chutou.

— Eu não quero! — gritou.

Dru se aproximou rapidamente.

— Nell, quieta! Não adianta.

Nell chutou o guarda de novo, mas ele não a soltava.

— Pai! Pai! — ela gritou.

— O que foi? — Church veio correndo pela escuridão em sua direção. — O que está acontecendo?

Ela soltou a mão do guarda e correu em direção ao pai. Entregou a lanterna especial.

— Me prenda. Eu roubei isto dos peritos.

Ele enrugou a testa.

— Não seja boba. Não vou prender você por isso. — Olhou para o homem de preto de um jeito irritado, então virou-se para Dru. — Mãe? O que está acontecendo aqui?

Nell puxou o braço dele com força.

— Eles não vão dizer a você. Por favor. Me leve embora. — Ela olhou fixo para ele, deixando-o perceber seu desespero. Ele não entendia, mas entrou no jogo.

— Ah! A lanterna de busca! Soube que uma havia desaparecido. Nell, estou tão desapontado com você. Isso é muito sério — ele abaixou a voz. — Quer algemas?

— Não!

Ele colocou a mão pesada sobre o ombro dela.

— É melhor você vir comigo. Vamos resolver isso na delegacia. — Olhou para a mãe e para os outros. — Falo com você depois, mãe.

Quando seguiam para o carro dele, alguns repórteres se aproximaram, mas um dos olhares ferozes de Church os fez recuar.

— Bem, Graveto, não tenho ideia do que foi aquilo — ele disse quando entraram no carro. — Mas o que você acha de um hambúrguer?

— Sim. E eu preciso falar com você.

Ele virou a chave.

— Sem problemas.

Ela afivelou o cinto de segurança.

— Mas desta vez você precisa me ouvir.

Ele colocou o braço no encosto do banco do carona e deu marcha a ré no carro, saindo da alameda.

— Nós conversamos antes.

Nell fingiu pensar.

— Ah, certo, sim. Eu lembro. Aqueles segundos de seu tempo eram muito preciosos, como poderia esquecer?

Os olhos deles se encontraram através do espelho retrovisor.

— Quando você se tornou sarcástica?

Ela sorriu.

— Sempre fui. Você é que nunca prestou atenção.

Vinte e dois

A delegacia era quente demais, e o ar, empoeirado. Nell sempre achou isso, mas parecia mais ainda depois da floresta dos Elfos. Ela passara em casa e colocara roupas limpas, mas ainda sentia aquele ar fresco e gelado em sua pele, e o cheiro de pinheiro.

O prédio ficava no topo de uma montanha, então ela se inclinou no peitoril de uma janela e estava olhando para a cidade escura com suas faixas de postes de luz alaranjados e blocos de janelas acesas.

Do outro lado da cidade havia o hospital com suas janelas acesas também. Gwen estava lá, sendo mimada e festejada. As equipes de reportagem haviam entrevistado todo mundo e então ido embora. Metade dos repórteres achava que tinha sido uma travessura adolescente, a outra metade pensava que ela havia fugido com um garoto e mudado de ideia.

Questões sobre adolescentes que bebiam estavam sendo discutidas no noticiário da BBC.

A turma de Gwen havia ampliado o santuário para incluir mensagens de alegria por sua rainha ter voltado para casa em segurança. Provavelmente estavam se acotovelando nos corredores do hospital agora, esperando uma audiência com ela. Talvez até já tivessem feito uma mecha branca no cabelo para combinar com a de Gwen. Se ainda não o tinham feito, não demoraria muito. Sua página no Facebook estava agitada.

A porta da sala se abriu e Church entrou, fechando-a atrás de si. Entregou para Nell um saco marrom de papel.

— Hambúrguer, fritas, tudo. Aproveite.

Pela primeira fez fizera certo. De repente ela se sentira avidamente faminta: como um lobo. Rasgou o saco e comeu sem parar.

Quando estava quase terminando, disse sem olhar para cima:

— Pare de me encarar. É assustador.

Seu pai se inclinou para trás na cadeira.

— Você mudou, Graveto.

— Cabelo novo — ela disse, com a boca cheia de batata frita.

Ele balançou a cabeça lentamente.

— Mais que isso. Você entrou no foco.

Ela lambeu os dedos e sentou-se para trás, finalmente satisfeita.

— Sempre estive no foco. Eram os seus olhos que estavam fora dele quando olhavam para mim.

Ele esperou até que ela fechasse o saco de papel e limpasse as mãos.

— Anda, desembucha. O que aconteceu realmente com você e Gwen?

Ele tentou encará-la do jeito policial, tentou intimidá-la, mas ela não tinha mais medo dele.

Ela o encarou de volta durante um tempo e disse:

— Sei por que você detesta o aroma de pinheiro.

Ele franziu a testa e esfregou a orelha.

— Não sei o que isso tem a ver com...

— E sei por que você sempre coloca a mão na orelha quando está zangado ou chateado.

Ele baixou a mão.

— Agora você está me assustando.

Ela sorriu.

— Certo, pai. Quer mesmo saber a verdade?

Ele ia colocar a mão na orelha novamente, mas desistiu.

— Sim.

— Bem, vou contar. Você não vai acreditar a princípio, nunca acredita em mim. Não vai ouvir, como nunca ouve. Mas vou contar. E tudo começa com sua mãe, minha avó, Druscilla Church.

E contou a ele tudo sobre os Elfos, os Observadores e a guerra secreta que vinha sendo travada entre os dois grupos. Contou sobre os campos de ferro e a terra dos Elfos para além da névoa. Contou como havia resgatado Gwen e sobre Evan, um garoto Elfo que deveria ter sido seu inimigo, mas que as ajudara no final.

E contou sobre Druscilla Church, uma Observadora, porque tinha a habilidade de ser imune ao encantamento dos Elfos, e que ela, Nell, havia herdado esse dom... ou maldição.

Quando terminou, Church, que já ouvira confissões de ladrões, assassinos e psicopatas, sentou com a boca aberta e um hambúrguer esquecido na mão.

— Eu disse que você não ia acreditar em mim — ela afirmou.

— Está pedindo um pouco demais — ele falou, mas algo na sua voz não combinava. Parecia estar tendo uma batalha interna. Ele largou o resto do hambúrguer, ficou de pé e começou a andar de um lado para o outro.

— Então a casa onde eu cresci é feita de ferro para nos proteger de uma raça de contos de fada...

— Sim, pai. Lá no fundo você sabe que é verdade.

— Eu e sua avó tínhamos uma relação estranha. Minha infância foi esquisita. Ela não era presente. Eu tinha babás. Você não vai acreditar, mas eu era um garoto assustado. Pesadelos... oh, céus, os pesadelos.

Ele chutou uma lata de lixo que estava no caminho e continuou a andar.

— Lembro-me de algo quando eu era bem pequeno — disse e parou. — Lembro de um rosto na janela e mamãe dizendo para eu ir para o meu quarto. Um rosto branco. E o cheiro de pinheiro! — Ele passou a mão em seu rosto. Estava suando muito.

Nell tirou o celular do bolso e correu as fotos até chegar a uma de Evan. Ela mostrou para o pai. Ele recuou e ficou pálido.

— É um adolescente, só isso — disse rapidamente.

Ele realmente não estava lidando bem com isso.

— Então, por que você está de pé num canto como um garotinho de escola levado? — ela perguntou.

Church olhou em volta. Estava mesmo acuado no canto da sala. Levou a mão à orelha.

— Porque de repente estou assustado e confuso, e nunca mais havia ficado assustado e confuso.

— São os Elfos, pai. Acho que você também é imune, mas vovó lhe deu o tratamento achando que o faria esquecer. Só que não funcionou completamente.

Church olhou para ela, horrorizado.

— Cabelo branco, Nell. E olhos muito negros — sussurrou. Ela confirmou. — E se movem como o vento, algumas vezes aqui, outras lá, nada no meio, como se pudessem se teletransportar. — Quando ela concordou novamente, ele deu um suspiro de alívio. — Oh, céus. Pensei que estava sendo abduzido por alienígenas. Ou enlouquecendo. Não ousei contar a ninguém para não me internarem num hospício.

— Bem, suponho que de alguma forma são alienígenas, não são? — disse Nell. Ela pegou a mão do pai, puxou-o para a mesa e o fez sentar.

— Que tratamento ela fez comigo? — ele perguntou com a voz confusa.

— É uma operação na orelha. Na direita — ela respondeu. — Colocam um pequeno implante de metal sob a pele.

Church olhou fixo para ela, então levou a mão à orelha.

— Sim, eu tenho isso. Mas é para a minha asma. Mamãe disse que eu chiava muito quando criança... — ele parou. — Isso não é para asma, não é?

Nell balançou a cabeça.

Por um tempo ele ficou olhando para a parede, respirando pesadamente. Nell quase podia ver o cérebro dele trabalhando.

— Isso explica algumas coisas — ele falou. — Contei a ela sobre o rosto na janela. Ela podia ter me dito a verdade, mas me levou para esse lugar. Disse que era alguma coisa sobre acupuntura chinesa, para curar minha asma. Nunca mais vi o rosto. Mas, quando entrei para a polícia, fiz exames e o médico falou que não havia nada de errado com meus pulmões. Nunca tive asma ou coisa parecida. — Ele se levantou. Respirava rapidamente. — Preciso falar com ela. Agora. E com aquele homem que está com ela.

— Não. Ainda não. Calma — ela disse. — Acho que fez isso porque não queria que seu filho ou netos tivessem que fazer as coisas que ela faz.

— Hum... Espere um momento.

Ele saiu. Um pouco depois ela ouviu um grito de dor vindo de um dos banheiros do corredor. Então ele voltou, segurando um pano na orelha. Jogou algo bem pequeno na mesa. Era um dos implantes no formato de infinito.

Ela se inclinou.

— Aquele homem quer fazer o tratamento em mim, pai. Mas eu não quero. Quero lembrar.

Ele pegou a mão da filha.

— Deixe-os tentar, Graveto. Nunca gostei de organizações secretas... mesmo com a minha mãe dirigindo parte de uma! Não há ninguém para controlá-los. Alguém precisa vigiar os Observadores, então pode muito bem ser eu. — Ele a encarava como se nunca a tivesse visto. — Mais importante ainda, Graveto, pela primeira vez em treze anos você se abriu comigo.

— E você parou de verdade para me ouvir, em vez de me tratar como um problema que você desgosta.

Aquilo o chocou.

— Eu não desgosto de você — ele hesitou e passou a mão sobre os olhos. — Acho que às vezes você trazia de volta lembranças ruins de tudo o que aconteceu entre mim e sua mãe. Engraçado, todo mundo acha que Gwen é a rebelde, mas não é. É você. — Ele olhou para ela. — Nunca pude controlar você. Você me ignorava, mostrava seu descontentamento. Nem mesmo usou meu sobrenome.

Ela o encarou também.

— Por que deveria?

— Eu sou seu pai — ele disse com uma mágoa na voz.

— Isso é apenas uma palavra. Paternidade é mais do que uma visita de vez em quando — ela falou. — Você precisa ganhar o direito de ser pai.

Ele olhou para ela preocupado.

— Será que estamos lendo errado um ao outro, Graveto?

— Sim. Mas pode mudar. E meu nome é... — por um instante ela estava prestes a dizer Hélène, mas não precisava mais dela. — Meu nome é Nell. Ou talvez Ellena, mais chique.

— Entendido. — Ele levantou os braços e a agarrou na tentativa de um abraço que cheirava ao pós-barba dele e couro. — E agora — disse em seu ouvido — o que quer em retribuição?

Ela se afastou.

— Quem disse que quero alguma coisa?

Ele arqueou uma sobrancelha.

— Você é uma Church, pode não usar o nome, mas é. Você conseguiu resgatar uma vítima de sequestro que nem mesmo uma equipe treinada de negociadores e policiais conseguiria. Você contou toda a verdade. Tem um motivo.

Aí estava um ponto importante. Sua mente voltou para a cozinha da Casa Vermelha, e a expressão constrangida de Dru tentando explicar a ela por que Gwen não podia ser resgatada, e tentando mostrar que os campos de ferro eram necessários. *Eu acabei de voltar de um,* Dru dissera.

— Prometi uma coisa a Evan, pai. E preciso de sua ajuda para manter a promessa — ela disse. — Quero que encontre o passaporte da vovó sem ela ou aquele homem saberem, e descobrir para onde ela viajou por último. Então, quero que me ajude a encontrar um determinado lugar por perto.

— Deixa eu adivinhar: um campo de ferro.

— Esperto.

— Certo, Graveto... ops... Nell. Trato feito.

Eles estavam na sala de estar quando Jackie voltou do hospital. Nell estava no computador perto da janela. Church mexendo em seu laptop.

— Tom — falou Jackie intrigada. — Você está com seus pés no meu sofá. O que está acontecendo? Pensei que iam visitar Gwen. Foi por isso que a deixei sozinha. Sabe como ela fica pegajosa quando está doente.

Ele balançou a mão como quem não está interessado.

— Ela está bem. Os jovens doutores a estão mantendo animada. — Piscou para Nell. — Temos coisas mais importantes para fazer.

Jackie ficou mais intrigada ainda e olhou de um para o outro.

— O que está acontecendo? — murmurou.

Nell parou de mexer no computador por um instante.

— Ele está me ajudando com uma coisa, mãe. Você sempre quis que fizéssemos coisas juntos.

Apertou algumas teclas.

— Tente 57 norte 150 leste. O que é?

— Já fui — respondeu Nell. — É um tipo de base do exército. Nada a ver conosco.

— O que estão procurando? — perguntou Jackie confusa.

Tom continuou pacientemente.

— Kamchatka.

— Hein?

— Foi o último lugar que mamãe visitou. Sibéria. O ponto mais desolado do planeta. — Ele clicou em alguma coisa, examinou, e então voltou a pesquisar. — É do tamanho da França, Bélgica e Luxemburgo todos juntos, e dificilmente alguém vive lá. É incrível, só tem vulcões, campos de neve, florestas e inimagináveis praias solitárias.

Jackie sentou-se na outra ponta do sofá.

— Por que Dru iria lá? Não é o tipo de lugar para pesquisar contos de fada.

Nell e Church se olharam, sorriram secretamente e voltaram ao Google Earth. Ele disse que tivera que invadir a Casa Vermelha. Dru não estava lá e o lugar havia sido trancado. Por sorte o passaporte dela ainda estava na gaveta da escrivaninha.

— Isso vai levar a noite toda — ele disse com satisfação. — Nada me vence. Nem mesmo Kamchatka.

No final, até Jackie pegou seu laptop e se juntou a eles.

— O que estamos procurando? — ela perguntou, abrindo o programa.

— Algum tipo de campo muito longe de qualquer lugar. Você deve conseguir dar *zoom* e ver cercas altas ao redor dele.

Nell olhou para cima e viu Jackie com a testa franzida.

— É para um projeto de escola — disse inocentemente.

Jackie olhou para os dois.

— Não venham com essa. Sei que vocês estão escondendo algum tipo de segredo bizarro — disse. — Estou tão feliz.

— Feliz em termos segredos? Por quê? — perguntou Nell.

— Qualquer coisa, desde que haja algo entre vocês — respondeu Jackie.

Depois disso, a sala ficou silenciosa enquanto eles pesquisavam por vulcões, lagos, montanhas e vales escondidos.

Por fim, foi Jackie quem o avistou. Um pontinho minúsculo em meio ao nevoeiro, gelo, florestas intermináveis e nenhuma alma viva em milhares de quilômetros.

Eles se juntaram ao redor do laptop dela e ficaram olhando fixo para o pequeno pontinho. Então Jackie acionou o *zoom* até que pudesse ser visto claramente: um punhado de cabanas cercado por uma enorme e pesada cerca construída. Uma única estrada chegava lá. Montanhas e enormes florestas o isolavam de qualquer outro lugar.

— É isso — respirou Nell.

Vinte e três

O ar sem graça do hospital estava sendo gentilmente perfumado por chiclete de maçã verde.

Metade da turma de Gwen estava no corredor com cartões e flores. Na frente da fila, estavam Becca e o resto da gangue. Tinham os maiores buquês e cartões, colagens que haviam feito cortando centenas de fotos de Gwen e colando-as num enorme cartaz. Nell passou por todos.

— Ei, espera — disse Becca. — Somos amigos dela. Vamos primeiro.

Nell a ignorou.

— São as regras de Gwen — insistiu Becca. — Ela disse que podíamos ser os primeiros a entrar, e também os que atualmente podem sentar na nossa mesa de almoço. O que não inclui você.

Nell olhou fixo para ela.

— Sabe a sua mesa especial? Pois vou garantir a você que serei a primeira a sentar nela a partir de agora, e vou convidar todos os garotos não legais para sentar comigo. Então vocês terão que encontrar outra.

— O que há com ela? — Nell ouviu Bria cochichar com Paige. Elas estavam no final da fila, como de costume.

Nell se virou para as duas.

— Lembram quando costumávamos rir de Gwen e de sua gangue e regras? Em vez disso, passávamos nosso tempo fazendo nossos próprios programas com nossas câmeras. Era muito engraçado. Mas agora vocês não fazem mais nada a não ser ficar seguindo Gwen por aí ou mandar mensagens para seus namorados. É como se uma parte do cérebro de vocês tivesse adormecido. Por que não pensam um pouco por si mesmas, para variar?

Todos olharam para ela. Ninguém disse nada, então ela seguiu e, imediatamente, começaram os cochichos, e Nell ouviu a palavra *estranha* ser dita baixinho, mas alto o suficiente para que escutasse.

Não incomodou nem um pouco a ela.

— Oi, mana — falou Gwen com a voz fraca quando Nell entrou no quarto.

Estava pálida, porém bela, com uma atadura estilosa ao redor do pescoço. A mecha branca no cabelo também estava muito legal.

— O médico disse que isso pode acontecer quando uma pessoa leva um susto — explicou Gwen. — Ou talvez tenha sido atingida na cabeça, é por isso que não lembro nada. — Ela enrugou a testa. — E deve ser por isso que fico sonhando com esse homem esquisito de cabelo branco. Estranho. — Olhava para uma das laterais brilhantes de uma máquina hospitalar. — Fica bem em mim, eu acho — disse.

A mesa de cabeceira estava coberta de cartões, flores e presentes, mas Nell deu um jeito de apertar seu raminho de lilases num dos vasos. Gwen pareceu assustada quando viu as flores e se inclinou para sentir seu aroma.

— O que isso me lembra? — falou com a voz confusa.

— A árvore em casa? — respondeu Nell. Era engraçado que tanto ela quanto Evan tinham lilases na porta de suas casas. Agora todas as vezes que saísse para o jardim iria pensar nele.

— Não, outra coisa — disse Gwen. Sua expressão começou a ficar trágica. — Eu meio que fico lembrando coisas muito estranhas. Eu e você na floresta. E lobos. Vovó veio me visitar. Disse que é tudo ale-gó-ri-co.

Nell não disse nada. Depois de um tempo Gwen contraiu o rosto.

— O que isso quer dizer?

— Significa que você tem sonhado com outro mundo, onde os personagens dos contos de fada vivem.

— Sonhado?

— Sim — respondeu Nell com firmeza. — Agora você está segura. Pode seguir em frente e desfrutar sua vida do jeito especial de Gwen, como sempre fez.

O lábio de Gwen começou a tremer e uma lágrima desceu pelo seu rosto.

— Ei, qual o problema? — perguntou Nell. Aquilo não era do feitio de sua irmã. Estava recebendo toda a atenção do mundo, havia uma multidão de amigos lá fora esperando para vê-la. Normalmente aquele seria um de seus dias mais felizes.

— Ninguém está entendendo — chorou Gwen. — Estou deitada aqui e de repente percebi que em alguns meses vou deixar Woodbridge. E estou apavorada. — Ela fungou e limpou as lágrimas do rosto. — Na escola eu domino todo mundo! Mas, quando eu for embora, isso vai mudar. Quero que minha vida continue a ser assim para sempre... com Jake, meus amigos e festas no bosque.

— A próxima fase será tão boa quanto — falou Nell.

— Não, não será. — Gwen olhou tristemente. — Seus dias de glória vão chegar — falou. — Mas estes são os meus. Eu nunca vou passar nas provas. Nunca vou para a faculdade.

— Que pena — disse Nell. — Casar com um jogador de futebol requer algumas habilidades. Vai precisar de matemática para administrar seus cartões de crédito.

Gwen puxou o lençol como se estivesse aflita, mas deu um sorrisinho.

— E de idiomas para o caso de meu marido ser transferido.

— E geografia para saber onde ele está indo jogar no exterior.

— Educação física para manter a forma — acrescentou Gwen. — E vou ter montes de roupas e maquiagem.

— E, se nada disso funcionar, sempre terá um monte de sonhos — falou Nell de um jeito piegas.

Gwen deu um risinho, mas não por muito tempo. Seu rosto se fechou novamente.

— Mamãe e papai ainda estão brigando por causa da minha festa no bosque?

— Não. Estavam sentados conversando quando eu saí.

— Não vai durar — comentou Gwen. — Sempre detestei ouvi-los brigando. Não conseguia parar com aquilo. Acha que é por isso que controlo todo mundo?

Nell sentou na beira da cama.

— Acho. Eu fiz o oposto. Me desliguei. Fui para um mundo de sonho.

— Deveríamos nos encontrar no meio — falou Gwen. — Então, quem sabe, seremos duas irmãs normais.

Elas se olharam.

— Não... — disse Nell. — Isso seria entediante.

Começaram dando risadinhas, e em segundos as duas estavam às gargalhadas. Gwen precisou secar os olhos, mas fez bem às duas.

— Somos as irmãs Church, querida — falou Gwen quando retomou o fôlego. — Não devemos ser normais.

Ela secou os olhos pela última vez e olhou pensativamente para Nell, como se a estivesse vendo pela primeira vez.

— Certo, cortou seu cabelo com tesourinha de unha e, de alguma forma, conseguiu que esse corte esquisito ficasse bem em você. Mas alguma outra coisa mudou. — Seus olhos se arregalaram. — Você encontrou um garoto?

— Não.

Gwen balançou a cabeça lentamente.

— É sério. É o olhar de quando uma garota encontra alguém especial.

— O único garoto que conheci foi o meu imaginário — respondeu Nell com cuidado.

Gwen revirou os olhos.

— Por um minuto pensei que minha irmãzinha havia crescido. Sonhadora. Comece a viver uma vida de verdade, como eu.

— Vou tentar — respondeu Nell, juntando suas coisas.

Para sua sorte, a atenção de Gwen foi desviada por Becca, que colocava a cabeça na porta.

— Eu já estou indo — disse Nell. Então colocou a mochila nos ombros e pegou sua prancheta.

— Por que está carregando essas coisas? — Gwen quis saber.

— Dever de casa — ela respondeu displicentemente.

Gwen gemeu e olhou para ela irritada.

— Sua amada irmã estava perdida no bosque e você fazendo dever de casa! Você realmente é uma nerd, Nell. Nunca vai mudar.

— Não. Não vou — ela concordou. — Sou a mesma que sempre fui. Eu só não tinha percebido.

Vinte e quatro

Os elevadores não estavam funcionando nem no prédio Rowan, nem no Beech.

Os músculos das pernas de Nell doíam, mas ela continuou subindo mais um lance de escadas. Então ela contou as portas e conferiu sua prancheta para ter certeza de que estava no lugar certo. Bateu.

— Olá — disse quando uma mulher abriu a porta, dando um sorriso doce do jeito de Gwen. — Sou do colégio Woodbridge Community e estou fazendo um projeto sobre economia de energia. Gostaria de saber se a senhora gostaria de participar desse pequeno experimento...

Era engraçado como as pessoas concordavam em participar se você dissesse que era um projeto escolar.

Após uma hora batendo em portas, Nell foi para o telhado do edifício Rowan. A Woodbridge Road, a igreja e o bosque estavam ali à sua frente. O que significava que qualquer um que saísse da névoa veria os edifícios.

Ela conferiu a hora, então voltou até a igreja, ao lado da alameda. Sentou-se no muro. Aos poucos o mundo escureceu ao seu redor e caiu a noite. As luzes das ruas acenderam, as lojas e casas também, todos agradecidos por não haver mais cortes de energia.

Os edifícios do outro lado da estrada eram dois grandes retângulos de luz que se erguiam no céu noturno.

Ela conferiu novamente a hora. Trinta segundos. E fez a contagem regressiva.

— ... três, dois, um!

E de repente não havia mais dois edifícios com as luzes acesas. Algumas janelas se apagaram. Outras subitamente estavam iluminadas. Haviam se transformado numa enorme mensagem gravada na escuridão.

57N 162L

— Promessa cumprida — disse baixinho.

Esperou. Pensou que ele não viria. Então alguém pulou no muro e sentou-se ao seu lado.

Por um tempo nenhum dos dois disse nada. Apenas ficaram olhando para os edifícios e sua mensagem.

— As coordenadas de um campo de ferro — ele disse finalmente. — Gosto do seu estilo.

— É um lugar chamado Kamchatka. Encontramos no Google Earth. É na Sibéria. Uma das névoas vai até lá, não é?

Ele fez que sim com a cabeça.

— Iremos por ela, encontramos o campo e os fazemos abrir os portões.

Ela olhou para ele com curiosidade. Não era tão mais velho assim que ela, e os outros eram ainda mais novos.

— Conseguem fazer isso? Pode ser bem longe do portal. Quase não há estradas, além de enormes vulcões, muita neve, gelo e florestas. É como a Terra antes do início dos tempos.

Ele deu de ombros.

— Vamos fazer. Somos inquietos, podemos fazer qualquer coisa.

Os dois ficaram batendo os calcanhares no muro por um tempo.

— Faolan mandou lembranças — Evan disse.

Nell sorriu e pegou algo em seu bolso embrulhado em filme plástico. Entregou a Evan.

— Dê isto a ela por mim em agradecimento. É um osso do jantar.

Ele bateu mais um pouco no muro com o calcanhar.

— Como está Fen? — perguntou Nell.

— Ainda recebendo tratamento. Star está esperançosa. Ela é muito boa. Um dia será uma boa feiticeira... ops, quero dizer, curandeira.

— Bom.

Um silêncio se fez.

— Nell?

Ela se virou para ele.

— O que foi?

Ele se inclinou e lhe deu um beijo no rosto. Um simples toque de seus lábios, mas lhe tirou o fôlego.

— O que foi isso? — ela disse, quando conseguiu falar.

Ele esticou as mãos para a rua e para a cidade.

— Veja, o mundo não explodiu. Acho que podemos ser amigos.

Ela viu uma veia pulsando no pescoço dele. Não era tão frio quanto parecia. Também sentira. Aquela conexão entre eles.

Ela sorriu.

— Não somos mais inimigos? — perguntou.

— Nunca quis ser, acredite. Quando a vi sentada sozinha, almoçando, tudo o que queria era fazer palhaçada para você sorrir. — Ele olhou timidamente. — E, quando você me seguiu pelo bosque naquele dia, achei que havia descoberto que eu era um Elfo. E fiquei assustado e temeroso que um humano, você, pudesse conhecer nosso segredo.

— Queria poder ir com vocês — ela falou — para ver como essa coisa vai terminar.

Seus olhos se encontraram.

— Queria que você pudesse. Um dia teremos idade para fazer o que quisermos.

Que chegue logo esse dia, ela pensou.

— Quer me dar seu número de celular? — ela perguntou.

— Não adianta. Se o campo fica em Kamchatka, não haverá sinal. — Ele tocou a têmpora dela. — Estarei aqui. Vou pensar em você. Quem sabe quando nos encontraremos novamente?

Ele pulou do muro. O vento soprava em seus cabelos, e seu sorriso não estava tão despreocupado como de costume.

— Até logo — ela disse, tentando manter a voz natural. — *Au revoir*.

Ele parou.

— O que foi isso?

Ela deu um sorriso relutante.

— Estava sendo Hélène. Com sotaque. Ela era meu eu interior, mas vou me livrar dela.

— Bom. Eu prefiro Nell.

Ela pulou do muro.

— Adeus, Evan.

— Adeus, ma'elskling.

Ela ficou olhando enquanto ele se afastava pela alameda.

— O mesmo para você — disse.

Ma'elskling. Meu querido. Ela colocou a mão em seu rosto, onde ele beijara. Um contato fugaz entre uma garota e um garoto que não deveriam se conhecer. Seu primeiro beijo. Ela sorriu para si mesma. Amigos, ele dissera. Talvez, ou quem sabe algo mais.

— Até a próxima, Evan — ela murmurou enquanto o bosque escuro o engolia.

Este livro foi composto pela EDITORA FAROL LITERÁRIO, com a tipografia Berkeley OldstyleBook e impresso em papel Pamo Art 80 g/m^2.